徳間文庫

問答無用

雨あがり

稲葉　稔

徳間書店

目次

第一章　白須賀《しらすか》宿

一

御弓《おゆみ》町の坂の上には煌々《こうこう》とした月が浮かんでいた。

夜鴉《よがらす》がどこかで鳴いている。木戸番の拍子木がその空にひびいたとき、一挺《ちょう》の駕籠《かご》が本郷のほうからやってきた。

三人の男たちはその駕籠を見て、静かな足取りで壱岐《いき》坂《ざか》を下りはじめた。坂下には広大な水戸《みと》家の上屋敷が広がっている。屋敷内に聳《そび》える欅《けやき》や椎《しい》といった大木が、月明かりに象《かたど》られていた。

駕籠は男たちの後方からゆっくり近づきつつある。このあたりは武家地で、坂下には青山大膳亮幸完《あおやまだいぜんのすけよしさだ》の上屋敷（美濃郡上《みのぐじょう》藩）もある。しかし、その屋敷は水戸家に比べると、あまりにも小さい。十分の一にも満たない。それだけで弱小藩だといえる。

しかしながら郡上藩主・青山大膳亮は、譜代《ふだい》大名であり、幕府重要職である奏者番《そうしゃばん》や若年寄《わかどしより》を歴任した有能な人物だった。その青山家の長塀が近づいてきた。表門は西方にあるので、北側は土塀である。坂下の水戸家の塀は、公卿《くぎょう》衆にのみ許される築地《ついじ》塀《べい》となっている。

「いい風だ」

三人のなかのひとりがつぶやくようにいった。

坂下からゆるやかな風が吹きあげてきたのだ。

「まことによい風だ」

仲間のひとりが応じた。

もうひとりが仲間の二人を横目で見て、うなずいた。月夜だからといって決して道が明るいわけではない。しかし、三人に明かりの用意はなかったばかりか、それぞれに頭巾《ずきん》を被《かぶ》ったのである。

一挺の駕籠は背後に迫っていた。町駕籠と違い「エイホ、エイホ」というかけ声は聞かれない。ごーんと、夜四つ（午後十時）の鐘が遠くから聞こえてきた。この鐘で町木戸が閉められる。

「そろそろだわい」

ひとりが散歩でもしているような、のんびりした声を漏《も》らした。

「うむ」

「ぬかるな」

壱岐坂の地表を薄く覆っていた土埃《つちぼこり》が、さらさらと風に流された。

駕籠はもう背後にあった。三人は駕籠を通すために道の脇《わき》によけた。と、同時に駕籠かきがギョッと目を剝《む》いた。二人の供侍も、頭巾の三人を見てとっさに刀の柄《つか》に手をかけた。

「行けッ」

足なみがゆるんだ駕籠かきに供侍のひとりが怒鳴るようにいった。だが、頭巾のひとりが前に進み出て、静かに声をかけた。あくまでも物静かに。

「青山家御側用人《おそばようにん》・仁科信右衛門《にしなしんえもん》殿と推察つかまつる。御簾《みす》をあけられよ」

「無礼者ッ！　控えおれ！」

供侍が怒鳴った刹那《せつな》、頭巾の男の腰から鈍い光が一閃《いっせん》した。さらに右上方に振り抜かれた刀がもう一閃した。瞬時、その場の空気が止まったような間があったが、斬《き》られた供侍は肩口を押さえたまま、どおっと地に伏した。

「ひぇえー」

四人の駕籠かきは恐怖におののき、そのまま坂を転げるように逃げていった。どすんと置かれた溜塗総網代《ためぬりそうあじろ》の駕籠の扉が開き、ひとりの男が転げ出てきた。月光を浴びたその顔は、蒼白《そうはく》に震えていた。

「曲者《くせもの》だ！」

もうひとりの供侍が叫ぼうとした。しかし、すべてをいい終えることはできなかった。声は「くせ……」と漏れただけで、胴を抜かれて膝《ひざ》からくずおれるだけだった。

血を吸った刀が、駕籠から出てきた男の目の前にすうっと伸ばされた。刀の切っ先から、つうっと、一筋の血がしたたり落ちた。

「御側用人でござるな」

頭巾を被った男の目は、四つん這《ば》いになっている初老の男を見据《みす》えていた。

「だったら、いかがする？」

「どうなのだ。仁科信右衛門なのだな」

「相違ないはずだ」

答えたのは訊問《じんもん》する頭巾の仲間だった。

「いったいこれはどういう仕儀だ」

仁科信右衛門が答えた瞬間、

「こういうことだ」

と、その胸に深々と刀の切っ先が埋め込まれた。信右衛門は死の恐怖と戦いながらも、暗殺者の目をにらみ、さらには自分の胸に刺さっている刀身をつかんだ。

「……何故の所業……なにゆ……」

そこで刀が引き抜かれた。信右衛門はそのまま前のめりに倒れた。

水戸家屋敷の暗い森で、梟《ふくろう》が鳴いた。

二

三河《みかわ》国二川宿《ふたがわしゅく》から江戸へ下って二里ほど行くと、白須賀宿《しらすかじゅく》となる。その宿場を過ぎて間もなくすると、汐見《しおみ》坂に差しかかる。京方面から旅してきた者は、ここで思わず足を止める。眼前に遠州の白い波間を見せる蒼海《そうかい》が広がり、さざ波の打ち寄せる白い砂浜に沿って、青々とした葉を繁らせる松並木がつづいている。そしてその向こうに、忽然《こつぜん》と、雪化粧を施した富士が浮かびあがるのだ。

西方から江戸に下る旅人はその絶景に息を呑《の》み、しばし見惚《みと》れてしまう。その汐見坂頂上の近くに、粗末で小さな家があった。街道から半町ほど離れた、あまり人目に立たない場所であった。

その家には江戸からやってきたという男女が住んでいた。裏庭のほうから、一筋の白い煙が立ち昇っていた。晴れ渡った空には、海風に飛ばされるようにして迷い飛んできた、数羽のみさごが見られた。

その一羽のみさごが獲物を見つけたのか、白い腹を見せて急降下したが、先の木立のなかに切れて見えなくなった。家の裏からひとりの男が現れたのはそのときだった。

かつて江戸において、死罪の裁きを受け、牢屋敷《ろうやしき》に留め置かれていた元徒組《かちぐみ》の佐久《さく》間《ま》音次郎《おとじろう》であった。ところが、牢屋奉行（囚獄《しゅうごく》）石出帯刀《いしでたてわき》の考えで一命を拾われ、さらに囚獄の手先となって動いていた男だ。しかし、昨年、江戸から立ち去るよう命じられ、この地にやってきているのだった。それから半年以上が過ぎていた。

音次郎は素足に草鞋《わらじ》を履き、着流した古着の尻《しり》を端折《はしょ》っていた。ほどよく日に焼けた精悍《せいかん》な顔は、かつて死ぬか生きるかの過酷な密命を受けての仕事をしていたときに比べると、ぐっと穏やかになっていた。

「きぬ、釣りに行ってまいる」

音次郎は戸口横の釣り竿《ざお》を手にして、家のなかにいる連れ合いに声をかけた。

「あれ、もう畑のほうは終わったのですか？」

手拭《てぬぐ》いで姉さん被りにしたきぬが、盥《たらい》を抱えて出てきた。じつはきぬも音次郎同様に牢屋敷に入っていた罪人であった。それは冤罪《えんざい》であったのだが、身の潔白を証すことができずに、囚人となっていたのだ。しかし、捨てる神あれば拾う神ありで、囚獄の手先となって動く音次郎の世話役として、牢から解き放たれた女だった。

そして、いま二人はすっかり新たな生き方をはじめているのであった。今後も「諸国で跳梁跋扈《ちょうりょうばっこ》しておる外道《げどう》の始末にあたってもらう」と、囚獄・石出帯刀にいわれていたのだが、年が明けても新たな沙汰《さた》はなかった。

音次郎が釣り糸をなおしていると、井戸端に盥の洗い水を捨てたおきぬが戻ってきた。

「旦那《だんな》さん、きぬもいっしょに連れていってください」

「徳衛《とくえ》を待っていなくてよいのか」

「留守なら明日にでも寄ってくださるでしょう」

「ふむ、そうだな。あの男はどうせ毎日家の前を通るのだから……。それじゃいっしょにまいろう」

きぬの顔がぱあっと喜びに満ちた。

徳衛というのは白須賀宿にある旅籠《はたご》・雲乃屋《くものや》の隠居だった。店を息子に譲ったのちは、音次郎の家に近いところに移り住んで、余生を楽しんでいた。

ところが、やはり旅籠のことが気になるのか、毎日のように宿場通いをしている。たびたび音次郎の家を訪ねてきては世間話をし、きぬに頼まれた買い物も快く引き受けてくれる、まことに人のよい年寄りだった。

釣り竿を持った音次郎ときぬは、汐見坂を下り途中の小径を左に折れた。その先に灯明堂がある。これは舟が航行するときに、目印になるために造られているのだった。夕刻、日が暮れると、村の雇われ人がやってきて、朝まで灯明を絶やさないように火《ひ》守《もり》をしている。海からの目印だから、そこからの見晴らしは格別であった。

二人はさらに小径を進む。周囲の木立は青々と茂っている。つい先日まで見られた山桜も八重桜も散っているが、代わりに燃えるような緋《ひ》色の山躑躅《やまつつじ》が目を和《なご》ませてくれた。目を転じれば、白い木蓮《もくれん》の花も咲いている。

秋の紅葉もよいが、春から夏にかけての季節もまた味わい深いものがある。細い山道を抜けると、突然視界が開ける。そこには植えられたばかりの青田が広がっていた。まだ田植えの終わっていない水田は、周囲の風景を鏡のように映しとっている。

田の上では燕《つばめ》たちが、チッチッチと鳴きながら飛び交っている。餌《えさ》と巣作りのための泥を取りに来ているのだ。田のなかの小径をしばらく行くと、小川があった。観音堂のある汐見山から流れてくる渓流である。鮎《あゆ》や鮒《ふな》の他に、うぐいやにじますが釣れる。秋には大きなやまめも釣れると聞いて、音次郎はいまから待ち遠しく思っている。

「おいてけ堀では大きな鯉《こい》が釣れましたね。旦那さん」

きぬが岩場に釣り糸を垂らしていう。

「そうだったな」

応じた音次郎は、それはすでに過去のことだと、はたと思い知った。去年のいまごろは、亀戸《かめいど》村にあるおいてけ堀の近くに住んでいたのだ。それが、ずいぶん昔のことのように思われた。

清らかな水を湛《たた》える渓流は、まぶしく輝いている。深閑《しんかん》とした森で、ときおり鳥の声が聞かれる。鶯《うぐいす》だ。その透き通った声が、気持ちを穏やかにしてくれるし、静かな瀬音も人の心をやさしく和ませる。

自然のなかにいると、これまで自分の置かれていた状況でさえ、夢のように思われる。それは血腥《ちなまぐさ》い悪夢でしかなかったのだと。

「あ、釣れた、釣れた。旦那さん見て」

きぬがはしゃいだ声をあげて、うぐいを釣りあげていた。

「腕をあげたな」

「あ、旦那さんのにも」

いわれて見ると篠竹《しのだけ》で作った竿がしなっていた。音次郎は十分に引かせてから、さっと手首だけを使って竿を立ちあげた。六寸ほどの大きなにじますだった。体をよじって水をはじくたびに、小さな鱗《うろこ》が日の光に輝いた。

二人は小半刻《こはんとき》ほどで、鮒とにじます、うぐいなどを十二匹釣った。もうそれ以上は必要なかった。竿をしまうと岩場に腰をおろして、山の上に浮かぶ雲を眺めた。

「やはりここに来てよかったな」

音次郎はしみじみした口調でいった。

「はい、ようございました。……でも」

音次郎は急に口をつぐんだきぬを見た。

「でも、なんだね?」

「……ふふ、旦那さんといっしょならどこでもよかった。大磯でも小田原でも沼津でも……」

きぬは恥ずかしそうに肩をすくめ、水に濡《ぬ》れた自分の足をさすった。着物を端折っているので、きぬは膝から下を日の光にさらしていた。白くほっそりした脹《ふく》ら脛《はぎ》が、妙になまめかしかった。

「そうか……」

音次郎はまぶしそうに目を細めて、遠くの山を見た。江戸を発って、どこに腰を据えようかと、西へ西へと足を延ばし、結局落ち着いたのが白須賀宿だった。決めたのに、とくに理由はなかった。ただ、頭の隅にこれ以上は江戸から離れたくないという、漠然とした思いがあっただけだった。

「ずっとこうだったらいいですね」

「………」

音次郎は黙って遠くの山を見つめていた。

「もう、旦那さんに役目がこなければいい。ずっとこのまま一生こなければいい」

「わたしもそう思う。そうであればと……」

「きっと囚獄も吉蔵《よしぞう》さんもわたしたちのことを忘れているのですよ」

「そうであればよいな」

「旦那さんの代わりが見つかったので声がかかってこないのではないでしょうか。わたしはいつもそうであってほしいと、祈っているんですよ」

音次郎はそのことを知っていた。きぬはこまめに近くの神社に通っていた。手を合わせたその後ろ姿を何度も見たことがある。そして、その祈る心の内も、読み取っていた。それがいまきぬが口にしたことであると。そんなとき自分を顧みる音次郎も、やはり同じことを思わずにはいられなかった。

「……きぬの祈りが通じれば、これほどの幸せはなかろう。さあ、日足は長くなってはいるが、そろそろ帰るとしよう」

「はい」

元気な返事を返したきぬは、ぴょんと立ちあがって微笑《ほほえ》んだ。この地に住みはじめて、きぬは日増しに明るくなっていた。心の解放感があるからだろう。音次郎とて、それは同じで肩の荷がすっかり下りたような、心の軽さがあった。

「きぬ、いくつになったのだったか……」

「二十三でございますよ」

細い道を歩きながらきぬが答えた。

「そうであったな」

「ちゃんと覚えておいてくださいな。それで旦那さん、今日は魚の塩焼きがおいしゅうございますよ。お酒の肴《さかな》にもってこいですからね。きぬも少しはお相手します」

音次郎はきぬを振り返って微笑んだ。

「おまえは愛《う》い女だ」

「まあ」

きぬの頰《ほお》が少女のように、ぽっと、赤く染まった。

三

音次郎ときぬの家は、六畳と四畳半の二間と、通路の土間を挟んで台所と四畳半の居間があった。六畳の一間は寝間で、もう一部屋は客間にとってあるが、客など滅多に来ないので、半分物置みたいになっている。とはいっても二人の所帯道具は少なく、じつに質素であった。

「さあ、うまく焼けましたよ」

居間で独酌していた音次郎の膳《ぜん》に、焼き魚が届けられた。粉を吹いたような塩がうぐいの表面についていた。皿にのせられたその魚に、きぬが少しだけ醬油《しょうゆ》をたらしてくれた。

「ゆっくり食すことにいたそう。きぬもこれへ」

音次郎は猪口《ちょこ》を掲げ持って、台所に戻ろうとしたきぬを誘った。

「きぬのも焼けていますから、それを持ってきます」

「そうか」

音次郎はうぐいを箸《はし》の先で、器用にほじった。白い身がのぞき、湯気が立ち昇った。口に運ぶと、淡泊でいて味わいのある身が口のなかに広がった。酒の肴には格別だ。

きぬが焼きあがった魚を持ってきたので、音次郎は酌《しゃく》をしてやった。うまいなといって、どちらからともなく目を合わせて微笑みあった。

「なんでもおいしゅうございます。ほんとに……」

部屋には行灯《あんどん》と燭台《しょくだい》を点《とも》していた。虫はこの時期少ないので、雨戸を開けている。心地よい夜気が家のなかに忍び入っていた。

「そろそろ仕事を考えねばな」

音次郎はしばらくして、そんなことをつぶやいた。

「仕事……」

「そうだ。いつまでもその日暮らしみたいなこともつづくまい。吉蔵からの沙汰もないのだ。きぬがいうようにおれたちは、真の自由を手にしたのかもしれぬ」

「そうであればいいですね。いや、きっとそうであることを祈るだけです」

声をはずませるきぬの目は、行灯の明かりに輝いていた。

「……仕事をするとすれば、なにがよいかな」

「そうですね」

きぬは思案顔をして、酒に口をつけた。

「宿場にはいろんな店がある。そこで雇ってもらうというわけにもまいらぬだろうが、なにかおれにもできそうなことがあるような気がするのだ」

「わたしだったら旅籠の仲居でも料理屋の女中でもできます」

「いいや、おまえには家にいてもらいたい」

「だったら、なにが……」

再び考えはじめたきぬのほつれ髪を、吹き込んできた夜風がやさしく揺らした。

音次郎がそんなことをいいだしたのにはわけがあった。江戸を発つ際、一、二年の暮らしには不自由しない餞別《せんべつ》を受けていたが、その金はいつまでもつづくはずがない。それにこのまま本当に、新たな役目がこなかったら、生計《たつき》を考えなければならない。

「……そうだ、徳衛さんに一度相談してみたらいかがでしょう。この辺のことならあの人はなんでも知っています」

「ふむ、徳衛か……」

音次郎が応じて猪口を口に運びかけたとき、表に足音がした。「旦那、旦那、佐久間さん」という声も届いてきた。なんといま話していたばかりの徳衛がやってきたのだ。

「徳衛か、いかがした？」

音次郎は提灯《ちょうちん》を持ったまま三和土《たたき》に入った徳衛を見た。

「宿でちと困ったことが起きているんです。問屋場《といやば》の連中は頼りにならないので、誰《だれ》かいないかという話になり、それで佐久間の旦那のことを思いだしましてね」

「困ったこととは……」

「宿役人がいるではありませんか」

きぬが毅然《きぜん》とした顔で遮《さえぎ》った。

「揉《も》め事に関わるのはごめんです。徳衛さん、申しわけありませんが、面倒事に引き込まないでいただけませんでしょうか」

言葉を重ねるきぬに、徳衛は戸惑った顔をした。

「そうおっしゃっても、困っていることは困っているのでして……」

「かまわぬ申してみよ」

「旦那さん」

きぬがキッと音次郎を見た。常にない厳しい表情だった。

「いいのだ。宿場の者たちにはなにかと親切にしてもらっている。役に立つことなら、厭《いと》うことはない」

きぬは唇を引き結んで黙り込んだ。音次郎は徳衛にうながした。

「二日前から宿場に逗留《とうりゅう》している旅の侍がいるんですが、これが飲むや食うやの好き放題をやった末に、宿にケチをつけてこれまでの代金を払えないというのです。それでわたしがなかに入って、なんとかしようと思ったのですが、侍は宿の者を罵倒《ばとう》して足蹴《あしげ》にする始末で、ついには駆けつけてきた旅籠の亭主に怪我をさせてしまいまして……」

「怪我を？　まさか、その侍は刀で斬りつけたのではなかろうな」

「いえ、それが腕を斬られました」

「尋常ではないな。その旅籠は？」

「吉田屋《よしだや》です。そんなわけで話がもつれて、侍たちが大暴れしているんです。他の客にも迷惑をかけておりまして……ここはなんとか穏便にすませたいのですが、相手は二本差しの侍ですから……」

徳衛はよく肥えた小柄な体を二つに折って、音次郎に騒ぎを鎮めてくれと頼んだ。

「わかった。案内せよ」

「旦那さん」

きぬが立ちあがった音次郎の袖《そで》をつかんだが、

「いいのだ。事を荒立てるつもりはない。話し合いをするだけだ」

そう諭《さと》した音次郎は、大小を持って家を出た。

四

白須賀宿には、本陣・脇本陣がそれぞれひとつ、旅籠が二十七軒あった。宿駅で人馬などの継立《つぎた》てをするのが問屋場で、詰めている問屋役や年寄役、またその下役をしている帳付《ちょうつけ》、馬指《うまさし》などを宿役人と呼んでいた。

かつては幕府代官所の手代《てだい》がひとり、各宿場に派遣されて往還荷物の検査や助郷《すけごう》・人馬などを差配していたが、正徳《しょうとく》二年（一七一二）に廃止され、近在の村役らが諸事務にあたるようになっていた。

「宿役人では用をなさぬのか……」

音次郎は歩きながらつぶやく。

「こういったことは苦手でしてね」

徳衛の案内で音次郎は宿場に入った。往還の両側に旅籠や食い物屋などが立ち並んでいるが、人通りは少なく、明かりも多くない。しかし、宿場のなかほどにある吉田屋の前には少数ながら野次馬の姿が見られた。

提灯を持つ徳衛が急ぎ足になって、吉田屋の前に行き、

「騒ぎは収まったかい？」

と、誰にいうともなしに聞いた。

「さっきほどじゃありませんが、宿の奥で怒鳴りあってるようです」

野次馬のひとりがいった。

「それじゃ佐久間の旦那、こちらへ」

音次郎は徳衛にいざなわれて旅籠に入った。

「佐久間さんを呼んできたよ。どの部屋にいるんだね」

徳衛がおどおどしている女中に聞いた。一番奥の間だという。

一階の廊下を進んで、その部屋に向かった。近づくにつれ、荒らげられた声が聞こえた。

障子は開け放されたままで、廊下に二人の男がいた。番頭と奉公人だ。

「貴様らはよってたかってわしらを罪人扱いにする気か。ちゃんと申してみろ」

「ですから、そんな気は毛頭ございません。ただ、二日分の宿賃をお支払いいただければそれでよいのでございます。壊れた襖《ふすま》や障子のことは目をつむりますので……」

「ふざけるな！　そうさせたのはこの宿の者たちではないか。腐りかけた魚を食わされ、黴臭《かびくさ》い布団に寝かせられ、愛想の悪い女中に文句をいわれてはたまらぬわ。客らしい扱いもせずに、なにをいいやがる。もう一晩泊まるからと申せば、先に金を払えとせっつきやがる」

「気分を害されたのであれば、このとおりお詫《わ》びいたします。宿賃も明日の出立のときでよろしいので、どうか今夜のところはお静かに願えませんでしょうか」

平身低頭しているのは、吉田屋の主・藤次《とうじ》だった。

「腐りかけた刺身を食って、おれは朝から厠通《かわや》いだ」

もうひとりの侍が苦言を呈した。

「……お言葉ではございますが、決して腐りかけは出していないはずです」

「たわけッ！」

男が盃を投げた。盃は障子を突き破って廊下に落ちて割れた。音次郎はそれを静かに眺めた。

「旦那……」

隣にいる徳衛が頼みますと、手を合わせる。音次郎は部屋の前に行って、三人の男たちをひと眺めした。横倒しにされた銚子《ちょうし》の載っている高脚膳《たかあしぜん》を前に、男たちは藤次をにらんでいたが、ふとその三人の目が音次郎に向けられた。

「なんだ、おぬしは？」

聞いてきたのは体の大きな男だった。ひとりは小柄。もうひとりは中肉中背だ。浅《あさ》黄裏《ぎうら》の着物をはだけている。

「揉め事があると聞き、仲立ちにまいった。拙者《せっしゃ》は近くに住んでいる佐久間と申す」

「佐久間……。この宿場の用心棒ってわけか。だったら引っ込んでおれ。用心棒と話をするほど、わしらは野暮ではない」

「用心棒ではない。刃傷沙汰《にんじょうざた》があったので、これは聞き捨てならぬと思い、やってきたまでだ。主、怪我はどうなのだ？」

音次郎は藤次を見た。

「へえ、傷はたいしたことありません。どうかご心配なく」

「………」

音次郎は部屋に入って藤次の隣に腰をおろした。

「名をお聞かせ願えないか」

男たちは怒りをにじませたむっつり顔で、音次郎をにらんだだけだった。代わりに藤次が紹介した。

「左の方が熊木三郎《くまきさぶろう》さま、真ん中の方が大神新右衛門《おおがみしんえもん》さま、そして新田瀬兵衛《にったせべえ》さまです。みなさま江戸から国許に帰られる途中のようです」

「それじゃ江戸詰を解かれての帰途ということか……」

「いらぬ穿鑿《せんさく》は無用だ」

大柄な大神新右衛門だった。

「しかと話を聞いたわけではないが、この宿の申し出を呑むわけにはまいらぬか。宿賃は明日の出立時でよいといっているのだ。他の泊まり客の手前もある。今夜のところは静かに引き取ってもらえまいか」

「ふん、途中でしゃしゃり出てきて、えらそうなことをぬかしやがる。金は払うといっているのだ。それを貧乏侍がやってきて、宿賃を踏み倒されやしまいかと、妙な勘繰りを入れられるとはな」

「決して手前どもはそのようなことは……」

藤次は大神ににらまれて、途中で口を閉ざした。それを見た音次郎は、

「とにかく、ここはひとつ引き取ってくれまいか。わたしからもお願いする」

といって、両手をついて頭を下げた。

そのことが三人には意外だったらしく、顔を見合わせた。

「興が冷めたわい。一晩寝れば、この宿ともおさらばだ。部屋に戻って休むか」

物わかりのいいことをいったのは新田瀬兵衛だった。他の二人も怒鳴り疲れたらしく、そうするかといって腰をあげた。藤次がほっと安堵《あんど》の息をついた。

三人はそのまま座を蹴るようにして立ちあがると、部屋を出ていった。

「やはり佐久間さんに来てもらってよかった。やはりお侍にはお侍でないと話が通じないようだ。藤次さん、佐久間さんに礼を忘れなくな」

徳衛が安堵の顔で藤次にいった。

「それはもう、わざわざご足労いただき、無事に収まりありがとうございます」

「礼には及ばぬ。それより、傷のほうは？」

音次郎はあくまでも藤次の怪我を気遣った。傷はかすり傷だった。どうやって斬られたのか、詳しくは聞かなかったが、おそらく三人は脅しただけなのだろう。斬りつけたのは新田瀬兵衛という男だったらしい。

騒ぎが穏便に収まったことに気をよくした藤次は、音次郎に土産を持たせた。漬け物と干し魚だった。ささやかな礼ではあるが、音次郎は快く受け取って宿をあとにした。徳衛はそのまま倅《せがれ》の宿に泊まるというので、音次郎はぶら提灯を持って宿場をあとにした。

背後に足音がしたのは、槙《まき》の並木道に差しかかったときだった。この宿場は西風が強く、暴風と防火に槙を植樹していた。

その槙の並木に月が遮られたとき、

「待て」

と、呼び止められた。

五

音次郎は立ち止まったが、すぐには振り返らなかった。相手に殺気を感じなかったからだ。すると、再び声がかけられた。

「佐久間と申したな」

名を呼ばれて、初めて音次郎は振り返った。さっきの三人組だった。それぞれに宿の提灯を手にしていた。

「先ほどはいらぬことをしてくれたな。お陰でわしらは恥の上塗りをさせられたようなものだ」

一歩前に進み出てきたのは、大神新右衛門だった。提灯の明かりを受けているせいか、鬼のような形相だ。

「恥をかかせた覚えはない。宿の者たちも、物わかりのよい客でよかったと胸をなで下ろしていた」

「面倒なことをいつまでもくだ巻くのにあきただけのことだ。おぬし、言葉つきからすると江戸の者だな」

「……昔はそうであった」

他に答えようがなかった。

「すると、江戸を捨てた浪人というわけか」

「どうにでも取るがよい」

「気に食わぬ」

ぺッと、大神はつばを吐き捨てた。

「後味の悪いことがあったばかりで、気分がすぐれぬ。おぬし、相手をしてもらおうか」

大神はそういって提灯を放るや、刀の柄に手をやり、反りを打たせた。

音次郎の眉《まゆ》がぐっと持ちあがった。

地に転がった提灯がめらめらと燃えあがった。

「大神、やめておけ」

制したのは新田瀬兵衛だった。

「おまえら手出し無用だ。これはおれと、この佐久間という男の勝負だ」

「やめろ、なにもこんなところで斬り合うことはないだろう」

再び制したのは熊木三郎だった。どうやら、頭に血を上らせているのは大神だけのようだ。あとの二人は止めにやってきたのだろう。

「拙者に斬り合う気などない」

「そうはいかぬ！」

いきなり大神が抜刀して、斬りかかってきた。音次郎は半身をひねってかわしただけだ。牽制《けんせい》の剣だとわかったからである。

「おぬし、なかなかできるようだな。面白い。刀を抜け」

大神は脇構えになって間合いを詰めてきた。

「無用なことだ。斬り合ってなんの得がある」

「得？……そんなものはない。侮辱されては武士の一分《いちぶん》がすたる」

「おかしなことをいう。なにもわたしは侮辱などしておらぬ」

「それが侮辱なのだ。これでもれっきとした桑名《くわな》松平《まつだいら》家の家臣。おぬしのような無宿同然の浪人に馬鹿にされては、引き下がっておれぬ。勝負を捨てて逃げるといっても斬る」

大神は聞きわけのないことをいう。しゃべるうちに剣気を募らせ、殺気を強めていた。

「どうしても斬ると申すか……」

「抜け」

音次郎は足許に提灯を静かに置いた。それから道の中央に進み出て、大神と対峙《たいじ》した。

「後悔しても知らぬぞ」

「なにをッ」

口をゆがめた大神は上段に構えた。音次郎はさらりと抜いた刀を、横に開いて構えた。切っ先は右膝から三尺ほどの地面をさしている。

「うむ」

間合いを詰めようとした大神の足が止まった。

音次郎の刃圏内に入ってこれないでいる。さりげなく自然体で立っている音次郎に隙《すき》が見えないからだ。堪《こら》えきれず、右に動き、そのまま二間《けん》ほど弧を描くようにまわった。

音次郎はそのままの姿勢を崩さなかった。体は正面を向いたままだ。いま大神は、音次郎の右後ろに立つ恰好《かっこう》になっていた。

風が燃えている提灯の炎を噴きあげた。どこかで梟の声……。

背後にまわった大神の影が一挙にふくらみ、鋭い太刀筋が音次郎の後ろ首付根に撃ち込まれてきた。

燃える提灯の明かりを受けた刃が、血を吸ったように赤くなったその刹那《せつな》、音次郎の剣先は地をするように走ると、そのまま中空に流麗な半円を描いて、目にも止まらぬ速さで撃ち下ろされた。

必殺の一撃をかわされた大神は、体の均衡を失いよろけた。その顔は恐怖に引きつっていた。

「これまでだ」

音次郎は静かにいい放った。その手にある刀の切っ先は、紙一重のところで大神の眉間《みけん》の前で止められていた。絶妙の寸止めであった。

大神は顔面蒼白となっており、体を凍りつかせたまま、目を瞠《みは》っていた。音次郎が刀を引くと、大神はその場に四つん這いになって、がっくり肩を落とした。

「おぬしらもやると申すか？」

音次郎は他の二人を見た。二人は、ぶるっと首を横に振った。

「桑名まではまだ遠い。気をつけて帰られるがよい」

刀を鞘《さや》に納めた音次郎は、提灯を拾いあげて、そのまま闇《やみ》のなかに姿を消していった。

六

吉田屋で一悶着《ひともんちゃく》あってから二日後のことだった。

音次郎が自宅の裏庭で畑仕事をしていると、徳衛と藤次がやってきた。

「百姓仕事をなさっているとは思いもいたしませんでした」

きぬに茶をもてなされて、口を開いたのは藤次だった。

「野菜ぐらい自前で作ろうと思ってな。しかし慣れぬことだから、なかなか思うようにはいかぬ」

野良着姿の音次郎は捻《ねじ》り鉢巻きをしていた。

「野菜でしたら近くの村の者に調達させましょう。案ずることはありません。うちの旅籠に出入りしている者がおりますし、好きなだけ届けさせますよ」

「気持ちは嬉《うれ》しいが、うちは見てのとおりの二人暮らし、野菜ぐらいなんとかできよう。いざとなればお願いするかもしれぬが……」

「それは佐久間さんがご随意にされればよいことです」

徳衛が煙管《キセル》を吹かしながら、のんびり顔でいう。三人は縁側に座っているのだった。庭の隅にある躑躅のあたりを蝶《ちょう》が飛んでいた。

「それで今日はなにか用があってまいったのではないか……」

用件を切りだせないでいる徳衛と藤次のことを察した音次郎は、水を向けてやった。

「へえ、ちょっと相談があるんでございます」

いうのは藤次である。紺木綿《こんもめん》の小袖に、旅籠の法被《はっぴ》を羽織っていた。

「なんだね」

「先日三人のお侍には往生しましたが、あのようなことはめずらしいことではありません。いざとなったときは問屋場の連中の手を借りるのですが、これがあまり頼りになりませんで、どうにかしなければならないと徳衛さんとも前々から話していたのです」

「ふむ」

「白須賀はいうまでもなく東海道の宿駅でございますが、昔ほど往来が多くありません。旅の商人などが、山側の本坂通り（姫街道）へまわるようになったからです。もっとも参勤交代のおりの諸国のお大名は、陣屋の揃《そろ》っているこの宿を使ってくださいますが、他の旅人や商人の数がぐっと少なくなっております」

「そうなのか……」

「まあ、それは致し方のないことではございますが、白須賀の問屋を通さず荷抜けをする者もおります」

　街道筋の宿場では、飛脚や人馬の継立てを行うほかに、商人や旅人が使用する駕籠代や荷運搬料、あるいは保管料などを徴収する。これらの手数料を「口銭《こうせん》」というが、この口銭を嫌って、問屋を通さず浜名湖の舟運《しゅううん》を利用する者が少なくないという。

　しかし、藤次の相談は口銭徴収がままならないことではなかった。

「ところが荷抜けをする者に目をつけた盗賊が現れます。この盗賊が、ときどきこの宿場にやってきて、迷惑をかけることがあるのです」

「女を漁《あさ》ったり、開き直って飲み食いの代金や、宿賃を踏み倒してしまうんです。そんな輩《やから》に入られた店や宿は、泣き面に蜂《はち》です」

徳衛が言葉を添え足した。

「そんなことが度々あるというのか？」

「しょっちゅうではありませんが、年に何度かございます」

「なるほど」

ここまで聞けば、音次郎にも二人の相談の意図が読める。

「それでわたしに一役買ってもらいたい、そういうわけだな」

「もし、お願いできればありがたいことです」

徳衛が頭を下げれば、藤次もそれにならった。

音次郎は遠くの山に目を注いだ。白須賀宿は平和なところだと思っていたが、やはりどこにでも面倒はつきもののようだ。

「まあ、よかろう。わたしのような者で役に立つのであれば、いつでも声をかけてくれ。もっともそんなことが始終あるなら困ったことだが、年に数度であれば、たいしたことはなかろう」

「ありがたいことで……」

藤次はほっと笑みを浮かべた。

徳衛と藤次が帰っていくと、音次郎は近くの野道を歩いた。

白須賀宿には十八カ村の助郷村がある。いずれの村も山間《やまあい》や海に面した地にあり、豊かな村とはいえない。それでもつましやかな暮らしをしている人たちの村には、のどかさが漂っていた。農閑期には男連中はよった草鞋や干し柿《がき》などを持って往還稼ぎをしたり、海に出て漁業をやる。女たちは家で麻や木綿を織っていた。

野路を歩きながら思うことがあった。やはり囚獄からの連絡である。

……このままここでの暮らしをつづけてよいのだろうか。きぬが切望しているように、自分たちは本当に自由の身になったのだろうか。

立ち止まった音次郎は、森のなかにのぞいている六角の汐見山観音堂を見つめた。

……平穏な暮らしができれば、ここを終《つい》の棲家《すみか》にしてもよい。

音次郎は観音堂に向けていた視線を外し、深緑に覆われた周囲の山をひと眺めして、来た道を引き返した。

「旦那さん、ちょっと見てください」

家に帰るなり、きぬが縁側に現れた。なにやら嬉しそうなにこやかな顔をしている。

以前は、曇った暗い顔をすることが多かったが、この地に落ち着いて以来、きぬの表情は日増しに明るくなっていた。

「なにをだね？」

庭に入って聞くと、きぬは一度奥に姿を消して、また縁側に現れた。その胸には新しい浴衣《ゆかた》があてられていた。蔓《つる》と大きな葉、そして紫色の朝顔の絵が染め抜かれていた。

「よく似合っている」

「坊瀬《ぼうぜ》村から雲乃屋に来ている女中さんが、妹さんに頼んで誂《あつら》えてくれたんです」

「それじゃその女中からもらったというのか」

「いいえ、徳衛さんがきっとわたしに似合うだろうからと、勝手に注文してくださったんです。お代を払うといっても、頑《がん》として受け取られないので、しかたなくいただいたのですけど……」

きぬは嬉しそうにいったあとで、「いけなかったでしょうか？」と、心許《こころもと》なさそうな顔をした。

「徳衛の好意だ。素直に受け取っておけばよいだろう。年寄りは人に親切をして喜んでもらえると、幸せを感じるそうだ。今度会ったら、めいっぱい嬉しがってやればいい」

「そうします。旦那さんがそういってくれて、よかった」

きぬはもう一度、あー、よかったと言葉を足して、心底喜んでいる。ときにきぬは、無邪気な少女のような一面を見せるが、芯の強さもある。先日、藤次の旅籠で問題が起きたとき、きりっとした厳しい顔で音次郎を制止したように。

「旦那さん、わたし仕事を考えました」

上がり框《かまち》に腰掛けて、足を拭《ふ》いていると、きぬがそばに来ていう。

「いい仕事か？」

「おそらくいい仕事です。読み書きを教えるのです。この宿場にも近くの村にも手習い所はないそうです」

「手習い所か……」

ぼんやり考えていたことではあった。

「しかし、この辺の村の者たちを見れば束脩《そくしゅう》は取れぬだろう。教えるのはいっこうにかまわぬが、生計になるとは思えぬ」

「そういわれればそうですね。それじゃなにがいいかしら……」

きぬはぼそぼそつぶやきながら台所に向かった。

「慌てて考えることはない。いまに、きっといい知恵が浮かぶさ」

「そうですね」

きぬは背を向けたまま茶を淹《い》れていた。音次郎が居間にどっかり腰を据えると、茶を運んできて、

「このまま吉蔵さんがこなければいいですね」

と、ぽつんとつぶやいた。

「うむ」

応じて茶を飲んだ音次郎は、脳裏に吉蔵の顔を思い浮かべた。

しかし、二人の思いは裏切られることになった。

翌朝、庭にひとりの男が現れたのだ。

七

それは庭に干された洗濯物が、強い西風にあおられはじめたときだった。

「佐久間さんのお宅はこちらでございますね」

股引《ももひき》に着物を端折った、まだ若い男だった。

久しぶりに刀の手入れをしていた音次郎は、そうだがと答えた。

「やはりそうでしたか。問屋場の亀吉《かめきち》と申します。手紙が届いておりましたので、お持ちいたしました」

「手紙……」

音次郎は打ち粉と刀を置いて、手紙を受け取った。すぐに懐から財布を出して、遣いの亀吉に心付けを渡す。

「ご苦労であった」

「これは、またご丁寧に。それじゃ、ちゃんとお届けいたしましたで、これで」

亀吉は駄賃を押しいただいて、庭を出ていった。それを見送ったあとで、音次郎は巻紐《まきひも》をほどいて手紙を開いた。差出人は吉蔵になっていた。

にわかに音次郎は目を見開いて、手紙を読んだ。

永らくご無沙汰しており候《そうら》へども、お元気のことと拝察致し候。さて、此度《こたび》江戸を発ち、佐久間様のもとに足を運ぶことと相成り候。急な訪問で御留守であればと懸念いたし、先に書中をもってお伝え申しあげ候。

当方、三月二十日に江戸を発ち、ご当地には四月五日前後には到着の予定で御座候。用件はお会いしたときに詳しく話したく存知候。到着時前後には何とぞ御在宅をお願い申しあげ候。

三月二十二日——吉蔵　　箱根にて

手紙から面をあげた音次郎は、くっと唇を真一文字に結び、遠くの空を凝視した。

やはり、真の自由を得ることはできないのかと思う心の一方で、音次郎はこうなることを望んでいた自分にも気づいていた。

やはり囚獄・石出帯刀の呪縛《じゅばく》から逃れることはできないのだ。しかし、この地で半年ほど暮らしているうちに、自分は生まれたときからすでに、こういう運命だったのではないかと思うようになっていた。

人とは死ぬまで目に見えない糸のようなもので、ずっと導かれつづけるのではないかと思わずにはいられないのだ。思い通りにゆく人の一生など、おそらく万人にひとりもいないのではないだろうかと、そう思うようになっているのだった。

同じ徒組にいた浜西吉左衛門《はまにしきちざえもん》を斬ったのも、また自分の家族を失ったのも、すべては生まれたときに決まっていて、牢屋敷に留め置かれ、そこからまた外に出されたのも、きぬと意図的に出会わされ、さらにこの地にやってきたのも、なにもかもが生まれたときから仕組まれたもののような気がするのだ。

　それが、決して抗《あらが》うことのできない、自分に与えられた運命なら甘んじて受ける以外にないのだろう。

「きぬ」

　手紙を丁寧に畳んで、裏の勝手口から姿を見せたきぬに声をかけた。

「はい、なんでございましょう」

　姉《あね》さん被りにしていた手拭いを剝《は》ぎ取ったきぬは、いつもの明るい笑顔を見せた。

「……吉蔵から手紙が届いた」

「吉蔵さんから」

　きぬの顔から、すうっと笑みが消えた。

「四月五日前後に到着するそうだ」

「……五日、それじゃもう幾日もないではありませんか」

「うむ。用件は会ってから話すと書かれている」

「お役目でしょうか」

　きぬは落胆の色をにじませていた。

「……そう心得ておいたほうがよいだろう」

　音次郎は途中にしていた刀の手入れに戻った。

第二章　訪問者

一

往還には夕闇《ゆうやみ》が漂い、つい最前まで旅籠《はたご》の表で、留《と》め女といわれる客引きの女たちが声を張りあげ、旅行者の足を止めていたが、いまはその姿もなく静かだった。

ここ藤川宿《ふじかわしゅく》はさほど大きな駅亭ではない。一里半ほど西に上れば、家康誕生の地、岡崎《おかざき》があるからかもしれない。江戸まで七十九里ほどだ。

旅人の姿も少なくなった閑散とした通りの向こうに、低い月が浮かんでいる。空に浮かぶ雲がいま、その月明かりを遮《さえぎ》ろうとしていた。通りの先で、一軒だけ往還に明かりをこぼしているところがあった。

問屋場《といやば》の常夜灯だった。伝馬《てんま》の継立《つぎた》てを行う問屋場は、朝日が昇るまで灯を絶やすことはない。

風呂上がりに火照《ほて》った体を夕風にさらしていた鹿沼源之助《かぬまげんのすけ》は、旅籠の玄関に入って、二階の広座敷に足を運んだ。食事の支度が調《ととの》っており、客たちがぽつぽつと膳《ぜん》の前についていた。

源之助は縁側のそばに腰を据えて、まずは銚子《ちょうし》を傾けて盃に酒をついだ。座敷の四方には百目《ひゃくめ》蠟燭《ろうそく》が点《とも》してあり、また行灯《あんどん》にも火が入れられている。

源之助がこの宿場にやってきたのは昨日のことだった。明日は岡崎に入り、しばらく逗留《とうりゅう》する予定だ。貝の膾《なます》を肴《さかな》に酒を飲んでいると、どやどやと三人の侍が近くの席に腰をおろして食事をはじめた。他の客は、あまりしゃべらずに飲食をしているが、この三人はすでに自分の部屋できこしめしていたらしく、饒舌《じょうぜつ》であった。

源之助はその三人のたわいもない話を聞くともなしに聞きながら、ここ半年あまりのことを回想した。

弟・平之助《へいのすけ》を木崎又右衛門《きさきまたえもん》と名乗る男に倒された源之助は、復讐《ふくしゅう》を誓ったのだが、木崎なる男はいずこへともなく姿を消し、まったく消息不明になっていた。木崎が敵になったのは、元公儀徒目付《かちめつけ》の隠居からの依頼で、牢屋敷《ろうやしき》を脱獄した佐久間音次郎なる男を捕縛するためだった。

しかし、佐久間を見つけることはできず、その人相書きにかぎりなく近い「木崎又右衛門」を追いつめているときに、弟・平之助が斬《き》られてしまったのだ。

いまは隠居の身で、元徒目付の関口甚之助《せきぐちじんのすけ》も、その後はこれといった指図もしてこなかった。だが、たったひとりの弟を殺された源之助は、じっとしていることができず、木崎又右衛門捜しをつづけていた。

と、昨年の暮れに、木崎に似ている男が、旅装束で品川を出立《しゅったつ》したということを耳にした。しかも、女房の「おさち」を連れていたというから聞き捨てならなかった。もはや、佐久間音次郎なる牢破りの男など眼中にはなく、源之助の頭のなかには木崎又右衛門を討つことしかなかった。それゆえに、東海道を上りながら各宿場に目を光らせてきたのだった。

思いの外、役に立ったのは、関口甚之助から渡された佐久間音次郎の人相書きだった。木崎は佐久間によく似ているのである。その佐久間を見たことがあると、最後に聞いたのは、一月《ひとつき》ほど前に長逗留していた三島宿《みしましゅく》でのことだった。

源之助は足を急がせ、各宿場に目を光らせてきたが、いまだに木崎又右衛門を捜しあてていなかった。

「業腹《ごうはら》なのがあの佐久間音次郎だ」

隣でしゃべっていた男が、そんなことを口にした。源之助は三人を振り向いた。

「しかし、あれはなかなかの剣客だった」

そういうのは新田瀬兵衛だった。

「なにが剣客だ。どうせ雇われ用心棒に過ぎぬ」

大神新右衛門は忌々《いまいま》しそうに盃をあおった。鬼のように真っ赤な顔をしている。

「用心棒だったとしても、大神、おぬしはすんでのところで首を飛ばされるところだったのだ。あの早業には、おれも息を呑《の》むしかなかった」

鼻の頭の赤い小柄な熊木三郎が感心顔でいう。

「油断したからだ。おれは脅すだけだったのだ。それをあやつ、本気にしやがって……くそ忌々しい」

強がりをいって大神はまた酒をあおった。

話を聞いていた源之助は、身を乗りだし、ついで三人ににじり寄って声をかけた。

「率爾《そつじ》ながら失礼つかまつる。いまの話、詳しく聞かせてもらえませぬか」

三人が同時に、源之助を見た。

「拙者は諸国武者修業の旅をしている鹿沼源之助と申します」

「剣客浪人というわけか……」

大神が赤い目をして茶化すようにいった。

「先ほど、お手前らが口にされた佐久間音次郎という者でござるが、どこで出くわされたのでござる」

三人が互いの顔を見比べたので、源之助は牢破りをして逃亡中の佐久間音次郎追跡の最中に、佐久間ではないかと思われる木崎又右衛門に弟を殺されたことを簡略に話した。

「佐久間なる男の人相書きがここにござる。見てもらえませぬか」

源之助はにわかに興奮を覚えながら、後生大事に懐にしまっていた人相書きを三人に見せた。それにはこのように書かれていた。

〈佐久間音次郎　三十三歳　背高き方　頑健な体　眉毛《まゆげ》濃き方　眼光鋭し　唇厚き方
色浅黒き方　鼻筋通り方〉

人相書きを食い入るように見ていた三人は、同時に顔をあげた。

「まさしくこの男だった」

と、大神がはっきりといえば、

「間違いござらぬ」

と、新田瀬兵衛も口を添えた。源之助は目を輝かせた。

「その者とはどこで会われました?」

源之助はさらに膝《ひざ》を進めて聞いた。

「白須賀宿だ。身共らは江戸から国許の桑名に戻る途中で、白須賀に二日ほど逗留していたのだが、宿の者が妙な因縁をつけてくるので、けしからぬと説教をしていると、佐久間なる浪人がしゃしゃり出てきたのだ。身共らはそれ以上宿に迷惑をかけるつもりはなかったので、引き下がってやったが、横から口を挟んできた佐久間には、一言もの申さねばならなかった」

「それで……」

源之助は大神に先を促した。

「うむ。まあ、身共らと旅籠の話し合いに、横合いから口を出されてはたまらぬので、一言注意をしたのだ。どうせ用心棒だろうが、よくわかりもせずに茶々を入れると、今後その身になにが起こるかわからぬ。以降、相手を見てよくよく注意せよといったまでだ」

隣にいる新田と熊木が顔を見合わせた。源之助もさっきの話と、少し食い違うのではないかと思ったが、そのまま耳を傾けることにした。

「やつは身共の説教が気に入らなかったのか、いきなり斬りつけてきた。それで、相手をしたのだが、こっちはもとより斬り合いをするつもりはなかった。ところが、佐久間の野郎は本気で斬りにきたのだ。すんでのところでかわして、ことなきを得たが、まあ、ああいう輩はどこにでもひとりや二人はいるものだ」

そういって大神は盃をほした。

「その佐久間はいまでも白須賀宿にいるのですね」

「雇われ用心棒だろうからいるはずだ」

「お手前らが泊まられた旅籠はなんと申されます？」

「吉田屋だ」

源之助はきらりと目の奥に光を宿した。

二

風が潮の香りを運んできて、山裾《やますそ》を這《は》い、新緑の木々を揺さぶり、白い葉裏をのぞかせていた。片肌脱ぎになった音次郎は、久しぶりに剣術の稽古《けいこ》に励んでいた。

そこは汐見山の中腹にある観音堂の境内だった。眼下には青々と広がる遠州灘《えんしゅうなだ》が銀鱗《ぎんりん》の光を見せている。白い帆布を張った漁舟《ぎょしゅう》が水平線の彼方に小さくなっていた。

自宅で稽古をすれば、きぬの不安をあおるだけなので、音次郎は観音堂までやってきたのだった。おそらく吉蔵は二、三日内に姿を現すだろう。

用件は囚獄からの密命に決まっているので、また危険な任務に就かなければならない。心の準備だけでなく、一命を落としたくないので鈍りはじめている腕を磨いておく必要があった。

素振り三百回に東軍流の型稽古を小半刻《こはんとき》ほどやると、全身汗びっしょりになった。持っているのは愛刀・左近国綱《さこんくにつな》ではない。近くの山に分け入り、自分で作った木刀だった。

稽古を終えた音次郎は境内を抜けると、せせらぎに行って、全身の汗を清流で洗い流し、掌《てのひら》で水をすくった。と、その水に、自分の顔が映り込んでいた。

音次郎は真面目くさった顔が気に入らず、にっと笑ってみた。もっと肩の力を抜いて生きてよいはずだ。江戸にいるころと違い、人目を忍ぶ生き方をする必要はもはやなかった。そうであるならもっと気持ちを楽にしてよいはずだ。常から思っていることを、自分にいい聞かせているうちに、掌の水は指の間からこぼれてしまった。

音次郎はもう一度水をすくって喉《のど》に流し込んだ。冷たい清流の水はうまかった。

「旦那《だんな》さん、吉蔵さんが見えるのは明日でしょうか、それとも明後日でしょうか」

家に帰るなり、きぬがそんなことをいってきた。

今朝まで不安な顔を隠さずにいたが、一変して明るい口調だったので、音次郎は少し意外に思った。

「さあ、どうであろうか。早くても明後日あたりではないかと思うが……」

「吉蔵さんに会うのは久しぶりです。江戸からここまで七十里以上はあるのです。おそらくあの人のことだから、ろくに休みも取らずに歩いてみえると思うんです」

「そういう男だからな」

「きっとお疲れですわ。なにかおいしいものを召しあがっていただきましょうよ」

きぬは若い嫁のように嬉々《きき》とした表情でいう。

「うまいもので持て成すのはやぶさかではない。いや、そうしてやろうではないか。しかし、きぬ、なにか心変わりでもしたか。吉蔵の訪《おとな》いを嫌っていたのではないか」

きぬはゆっくり首を横に振った。

「わたしたちに付きまとうことがこれ以上変わらなければ、自分が変わればよいと思うのです。楽になりたい、苦労したくないと思うのは誰《だれ》しも同じだと思います。だけれど、世間はなかなかそうさせてくれません。だったら、自分が変わって苦労でもなんでも受け入れてしまえばよいと思うのです。苦を苦と思うからつらくなります。苦を楽にさせるのは、結局、自分でしかないのではないでしょうか……」

「きぬ……」

「いやだいやだと思っていれば、いつまでもそこから脱することができません。わたしはもうすべてを素直に受け入れることにしたのです。だから、吉蔵さんを気持ちよく迎えたいと思います。そのほうが吉蔵さんも喜んでくださると思うのです。考えてみれば、あの人だって必ずしも楽しい生き方をされてきたのではないと思います。せめて、ここにいらしたときだけでも、あの人の心を癒すことができればと、そう思うんです。それに、少なからずお世話になった方ですし……」

「よくぞいってくれた。きぬ、おれは嬉《うれ》しいぞ。じつはおまえと同じことを考えていたのだ」

そういってやると、きぬはこれまで見たこともないほど、明るい笑みを見せて、ひょいと肩をすくめた。

「じつは禮雲寺《れいうんじ》の和尚さんに教えられたのです」

「禮雲寺……」

宿場の近くにある禅宗の寺で、きぬが仲良くしているのは慈道《じどう》という、目尻《めじり》にしわを寄せいつも笑っているような僧侶《そうりょ》だった。

「なにもかも話したわけではありませんが、きぬが普段思っていることを打ち明けると、人は生きているのではなくて、生かされているのだと申されました。だから、無理をせずにその流れに身をまかせるしかないと……そういわれて、はっとしたんです。いやだいやだと、じめじめしていてもなにもよくならないのだと、気づいたのです」

「そうであったか。……なるほど生きているのではなく、生かされているとな。まさしくそうかもしれぬ。とにかく吉蔵がきたら、うまいものを食わせてやろう。そうだ、明日は新居《あらい》へ行って名物の鰻《うなぎ》を求めてこよう。それを江戸前風に焼いてやるのだ」

「それはいい考えです」

きぬは手を打ち合わせて、賛成した。

そのころ、白須賀宿に京方面から入ってきた浪人がいた。鹿沼源之助である。

剣術修業のために、長年諸国を行脚《あんぎゃ》して鍛えた健脚も、はやる気持ちを抑えきれず、藤川から一気に九里あまり歩いてきただけに、疲れは極みにあった。それでも、宿場に入ると、ほっと安堵《あんど》のため息をつかずにはおれなかった。

この宿場に、佐久間音次郎がいるのだ。それはすなわち、弟を斬った憎き敵・木崎又右衛門かもしれないのである。しかし、ここで慌ててはならぬと、源之助は自分にいい聞かせた。気持ちだけでは相手に勝てないことは十分に承知している。勝つためには、強い気力に勝るとも劣らない体力が備わっていなければならない。

源之助はまずは体力回復に努めることにした。宿場に入ると、すぐに客引きの留め女たちが声をかけてきた。なかには袖《そで》を引っ張る者さえいるが、これはどこへ行っても同じである。

「そう引っ張るでない」

袖をつかんだ女に諌《いさ》めるようにいって、

「吉田屋という旅籠はどこだ？」

と、訊《たず》ねた。

「あら、そんなよその宿の名など口になさらず、どうかうちの宿にお泊まりくださいましな。旅に野暮なことをいうのは禁物でございますよ、さあ、うちへうちへ」

留め女は袖をぐいぐい引っ張る。

「おい、よさぬか。おまえの旅籠にも泊まってやるが、まずは吉田屋を教えてくれぬか」

「ほんとに泊まってくださいますか」

往来のまんなかでのやり取りとなった。

「明日あたり宿替えしてやろう」

「それだったらお待ちしておりますよ。吉田屋さんは、ほらすぐそこでございます。その店から、ひぃ、ふぅ、みぃの五軒目の旅籠ですよ」

「ああ、あの旅籠だな。教えてもらい助かった。……取っておけ」

些少《さしょう》だが、心付けを渡して留め女を振り払った。

吉田屋に入った源之助は、疲れを癒すために酒を一合ほど飲んで、昼寝をした。相当に疲れていたらしく夢も見ずに熟睡し、目が覚めたときは日が落ちかけていた。障子を開け、縁側に座り庭を眺めた。

青葉をつけた柿《かき》の木漏《こも》れ日が地面にまだらを作っていた。ほっと息をついた源之助は、夕ぐれた空をあおいで女中を呼んだ。すぐに返事があり、部屋に案内してきた女が現れた。

「よくお休みでしたね。なにか御用でしょうか？」

若い女中だ。まだ二十歳前だろう。色が黒くて垢抜《あかぬ》けない田舎臭い顔をしているが、くるくるした目には愛嬌《あいきょう》がある。

「名はなんという？」

「おさちと申します」

「おさち……」

源之助は思わず眉《まゆ》を動かした。木崎又右衛門の女房もおさちと名乗っていた。それを思いだしたのだ。

「そうか、おさちか……して、この旅籠に来て長いのか？」

「もう三年ほど奉公させていただいております」

「それじゃこの宿のことには詳しかろう。まあ、お入りなさい」

おさちは素直に敷居をまたいで、源之助の前にちょこんと座った。

「じつは人を捜しているのだが、おさちは知っているかな」

煙管《キセル》を出すと、おさちがすぐに煙草盆を膝許《ひざもと》に寄せてくれた。

「どなたをお捜しなのでしょうか？」

「佐久間音次郎という剣客だ」

「佐久間さんですか」

おさちは驚いたように大きな目を瞠《みは》り、よく存じておりますと、嬉しそうに微笑んだ。

「知っているのか……」

「ええ、旦那さんが頼りになさっているお侍です。先日もいやな客が泊まって、喧嘩《けんか》騒ぎになったんですけれど、佐久間さんの取りなしでことなきを得たばかりです。すると、お客さんは佐久間さんのお知り合いですか？」

おさちは目をきらきらさせていう。

「ふむ、そうであったか……」

源之助は煙管の灰を落として、これはおしゃべりな女だと察し、警戒した。へたに佐久間を捜していることが知れると、逃げられる恐れがある。

「おさちと申したな。このことしばらく内聞に願えないか。じつは佐久間を驚かしてやろうと思っているのだ。何分にも久しぶりの再会なのでな。わかるだろう」

「あ、はい」

「友というものはときにそんないたずらをするものだ。おまえだってそのようなことがあるだろう」

「そうですね」

「これへ……」

源之助はおさちをそばに呼んで、財布から小粒《こつぶ》を出してその小さな手に包ませた。

「よいか。約束だからな。なに、明日の朝までのことだ。守ってくれるな」

「そんなことでしたらお安い御用です。しっかり口を閉じておきます」

「頼んだぞ。それで、佐久間の住まいはわかるか?」

おさちは音次郎の家を事細かに話してくれた。

「そうであったか。これは楽しくなってきた」

源之助がほくそ笑むと、おさちが言葉を足した。

「お客さん、夕餉《ゆうげ》の支度が調いましたら呼びにまいりますね。その前にお湯にでも浸《つ》かって旅の垢《あか》を落としてくださいまし」

「うむ、そうすることにしよう」

三

鶯《うぐいす》の甲高い鳴き声が朝靄《あさもや》のなかにひびいていた。

朝餉をすませた音次郎は、戸口に出て、薄墨を刷《は》いたような靄に包まれた木立のなかで鳴いている鶯の姿を見ようとしたが、見つけることはできなかった。

「これでよいでしょうか？」

きぬが小さな桶《おけ》を持ってきて音次郎に渡した。鰻を入れるためである。

「よいだろう。そうそうに帰ってくるので、もし吉蔵がすれ違いにやってきたら、そのように伝えてくれ」

「わかりました。それじゃ行ってらっしゃいまし」

きぬに見送られて家を出た音次郎は汐見坂を下って新居宿をめざした。坂を下りきったころには靄は晴れ、爽《さわ》やかな海風が身を包んだ。

新居宿は、浜名湖の湖口部が海とつながる今切《いまぎれ》のそばにあった。今切には渡船場があり、江戸よりにある舞坂《まいさか》宿とをつないでいた。この浜名湖は名物が鰻であり、新居宿や舞坂宿には鰻屋が多かった。新居には音次郎がときどき通う店があり、活きのよい鰻を分けてくれる。

汐見坂からは海沿いの道となる。新居までは一里ほどの道程であるから、さほどの距離ではない。着流した小袖に大小を差し、桶を提げた姿は、すれ違う旅の者に奇異に映るらしく、何度も振り返られた。これが一年前の江戸ならとても考えられないことだ。それこそ人目を忍び、顔を隠すようにして表を歩かなければならなかったのである。しかし、いまは誰に見られようと咎《とが》められることもない。音次郎は堂々と歩いた。

新居宿には箱根と並ぶ厳しい関所があった。もっとも、音次郎はその手前で用をすますだけなので気にすることはない。新居宿が近づくにつれ、すれ違う者たちも多くなった。そんななかに吉蔵がいないかと目を凝《こ》らしてみたが、出会うことはなかった。

すっかり日が昇り、浜の上でゆるやかに舞う鳶《とび》が、のどかな声を降らしていた。


鹿沼源之助が吉田屋を出たのは、音次郎が汐見坂を下りきったころだった。源之助はおさちに教わったとおりに、汐見坂の途中から往還をそれ、横道に入った。なるほど、半町ほど先に藁葺《わらぶ》きの小さな家があった。あれかと、一度立ち止まって編笠の庇《ひさし》をあげてたしかめた源之助は、再び歩きはじめた。

荷物は旅籠に置いたままで、地味な着流しにたっつけ袴、脚絆《きゃはん》の紐をしっかり締め、草鞋も新しいものに履き替えていた。

佐久間音次郎、やっと会えるな……。

心中でつぶやいた源之助は、歩きながら手早く襷《たすき》をかけた。もう佐久間の家は目と鼻の先だった。庭に下帯や襦袢《じゅばん》が干されていた。縁側を開け放してあり、奥の間に女の動く影が見えた。おさちがいう、きぬという女房だ。

木戸門もなにもない家で、庭の東西にアオキの垣根があるぐらいだった。源之助は庭に入ると、そのまま戸口に立った。土間奥にいた女が、気配に気づきびっくりしたように振り返ったが、

「どなた様でしょうか？」

と声をかけてやってきた。

源之助は編笠のなかにある目を光らせた。木崎又右衛門の女房で、おさちと名乗った女だった。なるほど、やはりそういうことであったかと、口の端に不気味な笑みを湛《たた》えた。

きぬは下駄音をさせて立ち止まり、編笠に隠れている源之助をのぞき込むように見て、はっと息を呑《の》んだ。

「……久しぶりだな」

きぬは目を瞠ったまま、棒立ちになっていた。

「佐久間はいないか」

源之助は敷居をまたいで、きぬの前に立った。

「い、いったいなんの用です？」

きぬは声を震わせたが、気丈な目つきになった。

「なんの用だと。ふん、聞かれずともわかっておろうに。それにしてもまんまと騙《だま》されていたというわけだ。木崎又右衛門などと名乗っていたが、やはり牢破りをした佐久間音次郎だったというわけだ。それにおまえもさちと偽っていた」

「帰ってください！」

きぬは両足を踏ん張ってにらんでくる。

「ふふっ、気色《けしき》ばむな。佐久間はどこだ？」

「いません」

「出かけているだけであろう。この期に及んで嘘《うそ》は通じはせぬ」

源之助は土間奥に逃げようとしたきぬの手を、さっとつかんだ。

「観念しないか。おまえをどうこうしようというのではない。用があるのは佐久間だ」

きぬはつかまれた手を振り払おうとするが、源之助は放さない。

「佐久間はどこへ行った？」

「………」

きぬは唇を引き結んだ。

「教えたくないというわけか。ま、それならそれでもよい。ここで待つだけだ」

源之助はそういって手を放してやった。きぬは二間《けん》ほど後ろに下がり、

「いったいどんな用があるというのです?」

と、声を荒らげた。

「招かれざる客だというのはわかっておる」

きぬは目を瞠ったままにらんでくる。

「茶でも淹《い》れてもらおうか」

源之助は悠然と上がり框《かまち》に腰をおろして、編笠の紐をほどいた。きぬはその様子を見ながら台所に下がっていった。

「妙なことを考えるんじゃないぞ。いまさらじたばたしてもはじまらないのだ」

源之助は編笠を脱いで脇に置いた。きぬは台所口で進退窮《きわ》まった顔で戸惑っている。

「じっくり待たせてもらう」

そのとき雲が日を遮ったらしく、一瞬家のなかが暗くなった。きぬが素早く動いて、流しにあった包丁をつかんだ。

「無駄なことはやめるのだ。おまえに手出しするつもりは毛頭ない」

諭《さと》すようにいっても、きぬは両手で包丁をつかんだまま源之助をにらみつづけた。

桶のなかには三匹の大きな鰻が入っていた。鰻の卸屋が、脂がよくのったいい鰻だと自信を持っていうので、音次郎はそれを素直に求めたのだった。桶には鰻の背びれが浸かるぐらいの水を張ってあり、その上に檜《ひのき》の葉を被せていた。活きのよい鰻は、ときどき桶のなかで、ぴちゃっと音を立てて跳ねた。

陽気がよいので、すれ違う旅の者や行商人たちの足取りは軽い。汐見坂の途中にある地蔵堂横で、休息を取り海を眺めている者もいた。

仕入れた鰻を早く見せたいがために、音次郎は足を急がせた。ひょっとすると、吉蔵が来ているかもしれないという期待もあった。

だが、家の庭に入った音次郎の足が止まった。戸口を入った上がり框にひとりの男が座っていたからだ。最初は誰かわからなかったが、背後で怯《おび》えたように立っているきぬの顔を見て、忘れかけていた記憶が呼び戻された。

自分の命を狙《ねら》い、きぬを拐《かどわ》かした賊を率いていた鹿沼源之助だったのだ。音次郎はその弟・平之助を斬ったことをも思いだした。

「なぜ、貴様が……」

音次郎は鰻の入った桶を足許に置いて問うた。

「やはり、おぬしが佐久間音次郎だったのだな。いまさらそのことがわかったところで、どうにもならぬが、やっと会えた」

ゆっくり立ちあがった源之助は、戸口の敷居をまたいで表に出てきた。

「木崎又右衛門などと偽の名に騙されたおれもおれだが、結局、人を欺くことはできぬということだ」

「旦那さん！」

いきなりきぬが悲痛な声を張りあげた。

音次郎は目の端できぬを見て、

「騒ぐでない」

そういい置いてから、源之助に告げた。

「話をしたいが、別の場所で願いたい」

「どこであろうが、別段おれはかまわぬ。どうせおぬしの命は、このおれがもらい受けるのだ。死に場所があるならそこへ案内するがよい。最後の望みぐらい聞いてやる」

源之助は不敵な笑みを浮かべた。

「旦那さん！」

両手をぎゅっと胸の前で握りしめたきぬが叫んだ。音次郎はきぬを静かに眺め、家で待っているように目顔でいい聞かせ、そのまま源之助に背を向けた。

庭を出ると、奥の村につづく道を歩き、疎林のなかを縫う小径に入った。新緑の青葉に包まれた山に、のどかな鳥の声がこだましていた。

進む小径には野葡萄《のぶどう》やニシキギの枝が張りだしていた。音次郎はそれらを払いのけて前へ進む。背後からついてくる源之助にも神経を研ぎすましているが、不意打ちをかけてくる気配はなかった。だが、たとえようのない殺気を感じつづけていた。源之助は本気で自分を斬る気なのだ。音次郎は覚悟を決めなければならなかった。もはや逃げる道はない。ここで腹をくくり戦うしかない。

それは死を意味するかもしれない。そう思うのは、人を斬るという源之助の気迫に負けているからであった。真剣勝負は技量もさることながら気迫が重要になる。腕があっても気迫が劣っていれば、勝てる見込みはない。しかも、背後にいる源之助は一切の隙《すき》を見せず、音次郎がへたに動けば、ただちに斬り捨てるという殺意をみなぎらせている。

小径を抜けたところに八畳ほどの開けた地があった。一方は渓流に落ちる崖《がけ》で、周囲には木立が茂っている。地面は三つ葉の下草で、黄色い花を咲かせた蒲公英《たんぽぽ》があちこちにのぞいている。

音次郎は三間の間合いを取って振り返った。すぐに源之助は刀に反りを打たせた。そのまま二人は、どちらからともなくにらみ合った。

周囲の山で鳥たちが鳴き声をひびかせれば、足許からは渓流の瀬音が這《は》い昇っていた。

「貴様を指図しているのは誰だ？」

音次郎は刀の柄《つか》に手をかけてから聞いた。

「指図など受けておらぬ。弟・平之助の敵《かたき》を討つだけだ。だが、貴様の首は塩漬けにして江戸に持ち帰る。そうすれば、金になるからな」

音次郎は眉間《みけん》にしわを刻み、目を細めた。

「おれの首を買うのは誰だ？」

「聞いたところで意味はなかろう」

「教えて損をすることでもなかろう」

言葉を返した音次郎は、半歩右に動いて、さらに言葉を重ねた。

「知りたいのだ。誰が貴様らを動かしたかを……。おれはここで貴様に斬られるかもしれない。知らずには死ねぬのだ」

「ふふっ、往生際の悪いやつだ。ならば、教えてやろう。元徒目付の関口甚之助という御仁だ」

「徒目付……関口、甚之助……」

音次郎は口中でつぶやくようにいったが、まったく心当たりがなかった。

「貴様は牢破りをした不届き者らしいではないか。斬られても文句はいえぬ男だ。無駄話はこれまで、いざ覚悟ッ」

さらりと刀を抜いて右下段に構えた源之助は、一瞬にしてその体に剣気を募らせた。音次郎は防御の構えである、青眼の構えを取るしかなかった。まったく隙を見出《みいだ》せないこともあったが、源之助の気迫は尋常ではなかった。

燦々《さんさん》と降り注ぐ白日を浴びている音次郎であったが、その背につうーっと冷たい汗が流れていた。かつてないことだったが、負けると、初めて思った。本当にこれが最後かもしれないという恐怖に襲われもした。

青眼に構えたまま音次郎はじりじりと下がった。まなじりを吊り上げた源之助の目は、鋭く皮膚を切り、心の臓を射抜くほどの力に満ちていた。

なぜこうも気圧《けお》されるのだ。音次郎は奥歯を食いしばって考えたが、劣勢であることに変わりはない。間合いがつまった。もう数歩つめられれば、源之助の刃圏だ。それは音次郎の刃圏ともなるのだが、つけいる隙を見出せないままだ。それればかりでなく、源之助がどう撃ち込んでくるかそれさえ読むことができない。

「むむッ」

音次郎は間合いを外そうと、横に回り込むように動いた。足許の下草の露が指を濡らした。激しく動いてもいないのに、額に汗が浮かぶ。脂汗だった。脇の下にも冷たい汗を感じた。観念すべきか。この男には太刀打ちできない。ならば、潔く斬られてやろうかという思いが脳裏をかすめた。

キキィー、と神経を逆撫《さかな》でする鳥の声がこだましたとき、音次郎はだらりと刀を下げ、くるりと源之助に背を向けた。太陽を背にする恰好であった。音次郎の視線は自分の足許に伸びる影に向けられていた。その影に、源之助の影が重なった。

一瞬のことだった。背後から大きな風呂敷が覆い被さってくるような気配を感じた刹那《せつな》、音次郎はぐんと腰をかがめ、右足を軸にして振り返り、片手斬りで源之助の胴を薙《な》ぎ払っていた。

「な……」

たたらを踏んだ源之助が、刀を杖代《つえ》わりにして振り返った。信じられないように目を瞠っていた。もう一度、源之助は、

「……な……」

と、つぶやいてよろめいた。片足が崖の空を踏んだのは、一瞬のことだった。源之助の手から刀が落ち、片手が空をつかむように動いたが、その体は音次郎の視界から、ぽっと消えて見えなくなった。

そのときになって音次郎は、全身から力が抜けたように地に手をついて、長い息を吐いた。源之助を片手斬りにした右手は、一本一本の指を左手で剥《は》がすようにしなければならなかった。

胸の動悸《どうき》が収まったのは、ずいぶんたってからだった。口の端を片腕でぬぐって、崖下をのぞき見たが、源之助を見つけることはできなかった。勝てたのは、捨て身になったからだった。隙だらけの背を見せたことで、源之助に一瞬の戸惑いが生じたのだ。音次郎は不可解な行動を取ることで、源之助の虚をつき、そこに隙を見たに過ぎなかったが、まさに命がけの賭《か》けでもあった。

突如、笛のような声が空から降ってきた。一羽の鳶《とび》が風に乗って旋回しているのだった。音次郎は刀にふるいをかけて、来た道を戻った。

五

「話はついた」

家に戻った音次郎は、きぬにそう告げただけだった。きぬもそのことについては、あえて追及するようなことはしなかった。ただ、普段より口数が少なくなったのはどうしようもないことだった。

互いに思い思いの刻《とき》を過ごしているうちに、北の山端が夕日に染まり、やがてゆっくり翳《かげ》っていった。鴉《からす》が騒がしく鳴くうちに、暮れた空に星たちが見えはじめた。

「吉蔵は今日もこなかったな」

夕餉の膳部について、音次郎はようやく口を開いた。

「きっと明日には見えますよ」

きぬは静かな調子で答えた。

「うむ、明日は来るであろう」

「今日、鰻のタレを作ってみました。うまく出来ているかどうかわかりませんが……」

きぬが飯碗《めしわん》を差しだしていった。昼間、きぬが芳《こう》ばしい匂《にお》いのするタレを作っていたのは知っていた。音次郎はひそかに感心していたのだが、昔奉公していた店でそれとなく習ったことがあるという。そのことを思いだしながら作ったらしい。

「味見してみませんか」

「よいのか……」

「もちろんです」

きぬは笑みを浮かべて、台所に戻り、タレを少し温めてから持ってきた。とろりとした茶褐色のタレからは、甘さを感じさせる香ばしさが匂い立っていた。

音次郎は舌先で舐《な》めて、口のなかでタレを転ばすように味わった。少し醤油《しょうゆ》味が強すぎる気がしたが、そのぐらいがいいのかもしれない。

「いかがです」

きぬが身を乗りだして聞く。

「うむ、素人でこれだけのタレが作れるのはたいしたものだ。いっそ鰻屋でもやってみるか」

冗談めかしていうと、きぬの顔がぱあっとはじけたように明るくなった。

「鰻屋さんだなんて無理に決まっていますよ。いやだ、旦那さんたら……」

きぬはそういって、くすっと笑った。些細なことだったが、昼間の気まずさがそのことで薄れた。いつものようにきぬは、思いついたことを話していったが、鹿沼源之助のことには一切触れなかった。

翌朝は、曇りであった。空は一雨《ひとあめ》来そうな鼠《ねずみ》色の雲に覆われて、海から吹きあげる風が獣の毛並みを掃くように山の斜面を這い昇り、裏白《うらじろ》の青葉をひるがえしていた。

音次郎は野良着姿で、自宅の小さな畑を耕したり、草むしりをした。きぬは繕《つくろ》い物に、家の片づけや吉蔵を迎えるために煮物を作っていた。

その吉蔵が到着したのは、そろそろ正午になろうとするころだった。

「旦那」

草むしりをしていた音次郎の背中に声がかけられた。喉《のど》をつぶしたような、懐かしいかすれ声だった。音次郎はゆっくり振り返って立ちあがった。

吉蔵は被っていた菅笠《すげがさ》を脱いで腰を折って、顔をあげた。蝦蟇《がま》のように剝《む》かれた目と、強情そうな唇。褒《ほ》められた顔ではないが、その強面《こわもて》に小さな笑みが浮かんでいた。

「よくやってきた。大儀であったな」

「すっかりのご無沙汰《ぶさた》ですが、お元気そうでなによりです。先に出しました手紙には書いておりませんでしたが、此度は供連れでごぜえやす」

吉蔵がいうように、隣に男が立っていた。一本差しの浪人ふうの男だ。妙に愛想のいい笑みを浮かべて、

「不動前の三九郎《さんくろう》と申しやす。旦那のことはあれこれ聞いておりましたが、いやあ噂《うわさ》以上のいい男っぷりじゃございませんか。いえいえ、野良着であろうと、男の錦《にしき》はおれにはちゃんとわかるんでございます」

と、軽口をたたいた。

「不動前の三九郎か。とにかく立ち話もなんだ、入ってくれ」

二人をうながしたとき、家のなかからきぬが飛びだしてきて、吉蔵を認めてにっこり微笑んだ。

「吉蔵さん、長旅お疲れでございました。よく見えられました。さあ、お入りになって」

吉蔵と三九郎はきぬの出した水盥《みずだらい》で、足を洗って居間にあがった。吉蔵は恐縮の体《てい》だが、三九郎はものめずらしそうに家のなかを眺め、きぬを冷やかすように褒めたりする。口が軽いというより、生来が明るい男のようだ。吉蔵が陰なら、三九郎は陽であった。

「おきぬさんのことも吉蔵さんからあれこれ聞いておりましたが、いやいや、こんな

に別嬪《べっぴん》だとは思ってもおりませんでした。もうちょっと、年増《としま》らしく薹《とう》が立っていて取っつきにくいんじゃないかってね。ところが、どんぶらこっこ蓋《ふた》を開けてみりゃ、なんてことはない、色が白くて若々しくて、化粧もしてないのに、瑞々《みずみず》しい女っぷりだ」

「あら、そんなお世辞をいわれてもなにも出ませんわよ」

きぬも応じ返すが、三九郎はにたにた笑って、

「こちとら馳走《ちそう》目当てにやってきたわけじゃないんで、どうかおかまいなく。気を使われちゃ、こっちも堅苦しくなっちまいますからね」

と、屈託なくいって出された茶を、「ああ、茶までうめえや」という。そんな三九郎に音次郎もきぬも苦笑するしかなかった。

吉蔵と三九郎は、その朝浜松《はままつ》を出立して急いできたらしい。予定より到着が遅れたのは、島田宿《しまだ》で大井川の川止めにあったからだという。

「いきなりどしゃ降りになっちめえましてね。そしたらあっという間に鉄砲水みてえに川があふれちまったんです。あれにはさすがのおれも吉蔵さんも、あきれるしかありません。しょうがねえから島田の飯盛《めしも》り女をからかって道草を食っていたんです」

と、これも三九郎がしゃべる。日に焼けているが、もともとは色白のようだ。日に

あたらない胸のあたりなどの肌は白い。表情豊かなおどけた顔をしているが、よく見れば目鼻立ちの整っている男だった。

しばらく愚にもつかない世間話に興じていたが、

「それで話があるのではないか」

と、音次郎が水を向けてやった。そのことで、吉蔵も三九郎も真顔になった。

「明日にでも三九郎さんといっしょに、郡上藩《ぐじょう》に向かってもらいたいんです」

吉蔵が湯呑みを置いていった。

「郡上藩……」

「はい。先般、その藩の御側用人が辻斬《つじぎ》りにあい殺されてしまいました。下手人は誰かわかりませんが、郡上藩に不穏な動きがあるそうなので……」

「不穏な動きとは？」

本題に入ったところで、きぬは席を外して台所に立った。

吉蔵の話では、郡上藩主・青山大膳亮幸完《あおやまだいぜんのすけよしさだ》は、若年寄の地位にあったが、昨年九月に突如病に倒れ、職を辞していた。しかし、その真の理由は、寛政《かんせい》の改革を進める老中《ろうじゅう》・松平定信《まつだいらさだのぶ》に反撥《はんぱつ》してのことではないかとささやかれている。

「聞くところによりますと、大膳亮様は御老中の政《まつりごと》の賛同者でありながら、その裏で陰謀を企てているのではないかと、まことしやかな噂があるとか。郡上藩の財政は窮乏しているそうで、また藩内も収拾のつかないほど荒れているといいます。それも御老中の改革の手法が間違っているから、事態が悪化の一途を辿《たど》っているのではないかと。つまり、大膳亮様が若年寄を致仕《ちし》されたのは、藩内に幕府に対する機略があってのことではないかということで、その真相を調べてほしいとのお達しです」

話を聞きながら妙なことだと音次郎は思った。囚獄からの指図にしては、これまでと毛色の違う役目のような気がするのだ。

「それは囚獄からのお指図なのか？」

吉蔵はいいえと首を振った。

「これは囚獄を介して申し渡されたことで、誰がその指図を下されたのか、そのことについては囚獄もお触れになりません。ただ、郡上藩に行けば、旦那を手引きする者がいるので、その者にしたがってほしいとのことです」

「その者は？」

「あっしにもわからないんです。ただ、先方は旦那のことを知っているということです」

「さようか……」

うまく要領を得ないが、音次郎は単にそう応じた。

「旦那、おれがずっと供をしますんで、まあ気楽な旅だと思ってやろうじゃありませんか」

三九郎はそういって、煙管《キセル》を吹かした。音次郎は吉蔵に顔を向けた。

「おまえは行かぬのか?」

「あっしはここまでです。明日には江戸に戻ります」

「それはまたゆっくりもできぬことだな」

「しかたありません。無理を聞いてもらい、ここまで来たぐらいなんです」

吉蔵の視線が音次郎の肩越しに向けられたので、音次郎がそっちを見ると、台所できぬが淋《さび》しそうな顔をして立っていた。

「もう明日、帰ってしまわれるのですか……」

「へえ、そういうことです」

吉蔵は申し訳なさそうな顔で、きぬに応じた。

「それじゃ、今夜だけでもゆっくりしていってください。鰻を用意しているのですよ」

「鰻……」

喜色の声をあげたのは三九郎だった。手を打ちたたいて、鰻には目がないんだという。

「鰻は蒲焼《かばや》きでござんすか？　それとも蒸すんでござんすか？　いやいや、どっちでもいいや、おれは鰻と聞いただけで、もう涎《よだれ》がほら……」

生つばを呑み込む三九郎を見て、みんなは声をあげて笑った。とにかく、この男がいるだけで、ともすれば暗く沈みがちな空気が明るくなるのだった。

六

きぬの作った鰻の蒲焼きは好評だった。音次郎自身、昨日味見したタレが見事蒲焼きに生かされていたのには、驚きを隠しきれなかった。

さらに、きぬはあまった身を骨ごとこんがり揚げて、絶妙な酒の肴も作ってくれた。お陰で普段になく酒が進んだが、三九郎の飲みっぷりは豪快だった。思い切り酔って、勝手に歌い、踊り、みんなを楽しませたと思えば、さっさと横になっては、遠慮のない鼾《いびき》をかくという始末であった。それに比べて吉蔵は、いくら飲んでも顔色も変えなければ、口調もしっかりしていた。

その朝は、きぬが早起きをして三人のために、炊きたての飯を膳部に据えた。おかずは香の物と干し魚の焼き物、それに山菜のみそ汁が湯気を立てた。

「吉蔵、今日はお別れだが、おれのほうは昨日の今日というわけにはまいらぬ。郡上藩に向かうのは明日にしたいと思う」

朝餉を終えてから音次郎は告げた。

「それはもう旦那におまかせいたします。ご随意にしてください。ただし、役目のほうはしかと申し伝えましたので、よしなに頼みます」

「懸念することはない。それよりおまえのほうこそ、気をつけて帰るのだ。来たばかりで、とんぼ返りとはいささか大変であろうが、無理をしないようにな」

吉蔵は箸《はし》を置いて、じっと見つめてきた。

「旦那は、いつもおやさしい」

「なにをいうか。それより、おれたちも今日はここにいる。おまえも出立を遅らせてもよいのだぞ」

「いえ、そういうわけにもまいりません。それに一雨来そうな気配です。降られないうちに発ちたいと思います」

たしかにどんよりくすんだ雲が空一面を覆っていた。いつ泣きはじめるかわからない空模様だが、天気はそのまま持ちなおすこともある。

「おきぬさん、昨夜の鰻といい、今朝の飯といい本当においしゅうございました。あっしはこれでお別れですが、いつまでもお達者でお暮らしください」

「あれ、もう発たれるのですか……」

「後ろ髪は引かれますが、あまり未練を残してもご迷惑です。馳走になりました」

吉蔵は箸を膳部に揃《そろ》えて頭を下げた。

「名残惜しいが、また来ればよい。いずれ、その機会もあるはずだ」

音次郎はそういったが、吉蔵はもうそれはないという。

「ない……。どういうことだ？」

「おそらく旦那とおきぬさんとも、これでお別れでしょう。これからのことは、三九郎さんがいろいろ連絡《つな》いでくれることになっております」

音次郎は意外だったので、きぬと顔を見合わせた。三九郎は音次郎らのやり取りを横目に、食後の茶を飲み、爪楊枝《つまようじ》で歯をせせっていた。

「そういうことであったか。いや、それなら吉蔵、おまえに話をしておきたいことがある。ちょっと表へ」

音次郎は吉蔵を庭にいざなって向かい合った。

「なんでしょう?」

「じつはおれの命を狙《ねら》ってきた者がいた。江戸を発つ前に、きぬを拐《かどわ》かして、おれの正体を暴こうとしていた鹿沼源之助だ」

「まことに……」

「どうやってこの家を知ったのかわからぬが、やつに指図をしていた者がわかった。関口甚之助という元徒目付らしい。その関口がなぜ、おれのことを知りたがっているのか謎《なぞ》だが、鹿沼はその関口の指図で動いていたようだ」

「元徒目付が……おかしなことですね。江戸に帰ったら、ちょいと探りを入れてみましょう」

吉蔵は首をかしげながらいった。

「そうしたほうがいいだろう。囚獄の手先になっていることが漏れているのだったらことだ」

「わかりました。それで鹿沼はいかがしました?」

「……斬った」

短い間があって、それでよいでしょう、しかたのないことですと、吉蔵はつぶやいた。

「それにしても、これでおまえと別れることになるとは、少しばかり淋しい気がするな」

「そんなことはおっしゃらないでください。あっしのほうこそ、忍びない気持ちでいっぱいなんでございます。三九郎さんを案内してきたのも、じつは無理を聞いてもらってのことでした。これで旦那と今生《こんじょう》の別れになるかもしれないと思えば、いても立ってもいられなくなったんです」

「そうであったか……」

「数奇な巡り合わせではございましたが、あっしは旦那に接してほんとに嬉しゅうございました。これまであっしは人らしい扱いを受けたことがありません。ですが、旦那は違った。あっしはいつもじっと耐えたり、堪《こら》えることを体にしみ込ませて生きてきました。それはこれからも変わらないことだと思いますが、あっしは口にはなにも出さない旦那の恩情をずっと、肌身で感じていたんでございます」

「そうではない。当たり前に接していただけだ」

「それが嬉しいんでございますよ。あっしにとって地獄とはまさにこの世のことでございます。しかし、地獄には恐ろしい閻魔《えんま》さまだけがいるんじゃありません。冷酷無比な所業をなさなければならない人にも仏がいることを知りました。それが旦那でした。あっしにとっちゃ、地獄のなかの仏とはまさに旦那だったんです」

めずらしく饒舌《じょうぜつ》な吉蔵は、目に涙さえにじませていた。

「買い被りだ」

音次郎が否定したとき、三九郎が戸口から声をかけてきた。

「吉蔵さんよ。このまま行っちまうのかい？」

「ああ、そうするつもりです」

吉蔵が答えると、きぬも家のなかから出てきた。そのきぬに吉蔵は向きなおった。

「おきぬさんもずいぶんお変わりになりました。よほどこの土地があってるんでしょう。吉蔵は嬉しく思います。どうかお達者で。それからなんとしてでも生きながらえてください。あっしは遠い江戸の空の下で、おふたりにいずれ幸せの日がめぐってくるのを一心に祈っております。それではこれで、ごめんなすって」

吉蔵は深々と頭を下げると、三九郎から振り分け荷物と道中差しを受け取って、家を出ていった。

「そこまで送ろう」

音次郎はいって、江戸に帰る吉蔵を汐見坂まで送っていった。

さっきは多くのことを口にした吉蔵だったが、もういつもの吉蔵に戻っており、黙って曇り空の下を歩いた。音次郎も言葉を探したが、あえてなにもいわなかった。

音次郎たちは汐見坂の途中で足を止めた。吉蔵だけがずんずん坂を下ってゆく。

「吉蔵さん、お気をつけて……それからお達者で……」

きぬが声をかけて、小さく手を振ったが、吉蔵はそのまま歩きつづけた。その姿はどんどん遠ざかって小さくなり、やがて大きく湾曲した道のほうへ消えて見えなくなった。

音次郎は視線を海に転じた。浜の上で鳴き騒いでいる鳥の群れがあった。

「さあ、旦那。明日の支度をしましょうや」

しばらくして、三九郎がそういった。

第三章　郡上街道

一

「旦那《だんな》、この辺で一休みしやしょう」

三九郎が小走りでやってきて、「丁度いい具合に松の木陰があります。そこにしましょう」といって、音次郎をいざなった。

そこは山崎《やまざき》川を渡ってほどないところで、宮《みやのしゅく》宿（熱《あつ》田宿《たしゅく》）はもう目と鼻の先だった。

「はい、水です。いい湧《わ》き水があったんで助かりましたよ。おれは口をつけて飲んできたんで、旦那は勝手にやってください」

三九郎は竹筒を音次郎に渡して、岡崎の旅籠《はたご》を出るときに作ってもらったにぎり飯の包みをほどいた。なにかとさばけた如才のない男で、音次郎は気が楽だった。白須賀を出立して四日目の昼下がりのことだ。

二人が座っているのは東海道脇《わき》にある大きな松の根方だった。少し高台になっているので青く広がる伊勢湾を望めた。白いさざ波を立てる海には、幾艘《いくそう》もの舟が浮かんでおり、海上にはたわむれ飛ぶ海鳥の姿があった。

「今夜はどうします。宮宿に泊まりますか、それとも名古屋《なごや》城下まで足を運びますか？」

三九郎が指についた飯粒を舐《な》めながら聞く。

「どうせなら城下まで行ってみようではないか。手引きの者が待っているのなら、あまり待たせても悪かろう」

吉蔵は郡上藩《ぐじょうはん》に手引きの者が待っているといって江戸に帰っていったが、その翌日、早飛脚がやってきて、手引きの者が名古屋城下で待っているという変更の知らせがあった。

急な変更の理由はわからないがしたがうしかない。

「旦那がそういうんなら、おれにはなにも異存はありません。まあ、名古屋城下といったって、宮宿からすぐですからね」

宮宿から名古屋城下まで、五十町ほどだから、三九郎がいうようにほとんど城下と同じである。

「それでおまえはその手引きの者を本当に知らないのか」

「もう旦那、何遍いわせるんです。まったく疑り深いんだからね、知らないものを知ってるとはいえねえでしょう」

「別に疑っているわけではないが、どうも役目のことがよくわからないのでな」

「はっ。それはおれも同じですが、そのうちわかるでしょう。慌てて知ったところでなにかが、はじまるわけじゃありませんからね。ああ、この梅はすっぺえや」

三九郎はめいっぱい顔をしかめて、ぷいと、梅干しの種を吹き飛ばした。

「おまえは気楽でいい」

にぎり飯を食べ終えた音次郎は、水を飲んで、手拭《てぬぐ》いで口をぬぐった。

「くよくよしてても世の中面白くないじゃありませんか」

「たしかに……」

会ったときから三九郎はこの調子である。きぬは、まるでやんちゃ坊主がそのまま大人になったような男だと評したが、まさにそんな感じであった。それでももう三十歳である。

過去のことは、自分のこともあるので、努めて聞かないようにしていたが、三九郎も音次郎やきぬの過去を聞こうとしなかった。あらかじめ吉蔵に教えてもらっているのかどうかわからなかったが、互いにそのことについては黙っていた。音次郎はいずれ機会がくれば話すつもりではいるが。

「さあ、ぼちぼちまいるか」

音次郎は尻を払って立ちあがった。

郡上藩に行くといっても、二人は大袈裟《おおげさ》な旅装束ではなかった。音次郎は野袴《のばかま》に単衣《ひとえ》の羽織姿だ。三九郎のほうは、木綿の着流しを尻端折《しりはしょ》りしているだけだ。二人とも菅笠《すげがさ》を被り、音次郎が大小の二本差し、三九郎が一本差しであった。

「おれたちゃ日頃《ひごろ》の行いがいいんですかね。天気に恵まれての旅です。雨なんか降る気配もないじゃありませんか」

「幸いなことだ」

「幸先がいいってことは、役目も難なくこなせるってことでしょう。おっ、旦那、いますれ違った女見ましたか」

三九郎が後ろを振り返っていう。市女笠《いちめがさ》を被った旅の女とすれ違ったばかりだった。

「気づかなかったが、どうした？」

「いい女です。色が白くて若くて……供連れもなくて、大丈夫なのか……」

「遠出ではないのだろう」

「そうかもしれません」

宮宿が近づくにつれ、人の往来が増えてきた。旅の者より、近隣の百姓や職人、あるいは侍の姿が目立つようになった。同時に茶店や、葦簀《よしず》張りの食い物屋なども見られるようになった。店の前に出された幟《のぼり》が、そよ風に気持ちよさそうに揺れている。

店の表や、庇《ひさし》の下から声をかけてくる女たちもいる。

「ところで、ひとつだけ聞いてよいか」

「なんなりと……」

「おまえはおれやきぬのことを、どこまで知っているのだ」

音次郎は歩きながら三九郎の横顔を見た。

「たいしたことは知っちゃいませんよ。公儀《こうぎ》の大事な役目を仰せつかっている方だとしか……」

「おまえを連れてきた吉蔵は、囚獄《しゅうごく》の息のかかった男だ」

「知ってますよ」

いともあっさりと、三九郎はいってのける。

「旦那も囚獄の命を受けていたことがあったと聞いてますがね。……だけど、もう囚獄からの指図はないってことじゃないですか」

そういった三九郎は、一方の饅頭屋《まんじゅうや》に目を向けた。

「囚獄からの指図はない……誰《だれ》が、そんなことをいった？」

「吉蔵さんですよ。だから吉蔵さんは、江戸に帰ったんじゃありませんか」

「するとおまえは誰の命を受けているのだ？」

「将軍家斉《いえなり》公ですよ」

音次郎は一瞬、言葉を失った。

「もっとも直々のご命令じゃありませんよ。将軍の下のそのまた下の下にいる人です」

「それは誰なのだ？」

三九郎はにやっと口の端に笑みを浮かべて、言葉を継いだ。

「旦那、宿に着いたら教えますよ。歩きながらじゃ気が散っていけねえ。あとでいいでしょう」

にわかな驚きに立ち止まっていた音次郎は、先を歩く恰好《かっこう》になった三九郎を追いかけた。

二

その一団は越前《えちぜん》と郡上藩の境である、油坂《あぶらざか》峠に集結していた。

霧は渓谷の間を縫うようにゆっくりと、あたかも生き物のように空に上り、剝《む》き出しの岩肌には雲の割れ目から漏《も》れ射す、一条の光があたっていた。

日が落ちるまで間もないだろう。日当たりの悪い峠道は、すでに暗く翳《かげ》っている。眼下の谷は黒々とした闇《やみ》に包まれてさえいる。新緑に覆われた山の樹木が、谷から吹きあげてくる強い風にたわみ、馬の鬣《たてがみ》のように揺れた。

そのとき、峠下の崖道《がけみち》から、一騎の馬が蹄《ひづめ》の音をひびかせて駆けあがってきた。馬上には山賊のようななりをした男が乗っている。腰に長刀を差し、背には弓と矢が担がれていた。男は剝き出しにした逞《たくま》しい腕で、手綱を握り、片方に持った鞭《むち》で馬の尻を、ぴしっと、たたいた。

馬は雨水で穿《うが》たれた石ころだらけの悪路をものともせずに、速力を上げ一気に山頂の峠に辿《たど》りついて、短く嘶《いなな》いた。崖下にころころと数個の石が落ちていった。

「これより峠を下りて、村に向かう。川まで行けば、加勢の百姓らも待っている」

「加勢はいかほどです？」

馬上の男に聞くのは髭面《ひげづら》の男だった。だが、この男はまだ青年であった。双眸《そうぼう》をきらきら輝かせて、馬上の男を見あげた。

「数など気にすることはない。相手をするのは百姓だ。刃向かってくる者に容赦はいらぬ。だが、これは単なる見せしめだ。村は焼き討ちにするが、女子供には手を出すな」

峠に集まっている男たちは、馬上の男をのぞいて七人だった。それぞれの腰には大刀がぶち込まれており、なかには槍《やり》を持っている者もいる。

「行くぞ」

馬上の男はそういうと、馬をまわして峠道を下りはじめた。その馬に、七人の男たちがしたがった。山道は荒れていて、崖崩れで狭くなっているところもあった。油断をすれば、足を滑らせて谷底に落ちる危険があった。だが、男たちはそんな峻険《しゅんけん》な道に慣れているらしく、足取りに危うさなど微塵《みじん》も感じられなかった。

白鳥村《しろとりむら》まではおよそ一里の道程だった。男たちはその山道を小半刻《こはんとき》ほどで下り、上保川《かみのほがわ》（長良川《ながらがわ》）の川岸に辿りついた。清らかな流れは山の端に昇った、痩《や》せた月を映していた。川の向こうに粗末な家が点在している。夕餉《ゆうげ》の支度をしているのであろう各戸の家から靄《もや》のように煙がたなびいていた。

男たちは急流に足を滑らせないようにして川を渡った。そこに男たちの仲間数人と、加勢の百姓十人ほどが竹槍や、鎌《かま》、鉈《なた》などを持って待っていた。すでに日は暮れており、あたりには人の気配もない。

「……ぬかるな。手はずどおりにことを進めるだけだ」

馬上の男が百姓たちを睥睨《へいげい》してつづけた。

「おまえたちは村を襲ったらいったん、長滝の祠《ほこら》に下がって待て。おれたちも村を抑えたら一度その祠に向かう。よいな」

百姓たちは、「へえ」と声を揃《そろ》えた。長滝の祠とは、白鳥村から北へ一里十町ほど上った白山長滝《しらやまながたき》神社のことだった。

「では、かかれッ！」

馬上の男は馬の尻を鞭でたたくと、そのまま疾駆させた。徒歩でついていた者たちもそれぞれの道を辿り、薄闇に沈みつつある村の家々に殺到していった。

家族仲良く団欒《だんらん》のひとときを過ごしていた村人に、思いもしない悪夢が降りかかった瞬間だった。

戸を蹴破《けやぶ》って乱入した男たちに、百姓らは身をすくませたり、とっさに危険を察知して逃げようとした。家族を守ろうと勇敢に抵抗する者もいたが、山賊まがいの男たちに比べると、百姓たちはあまりにも非力であった。

障子に赤い血潮が迸《ほとばし》り、床は血に染められていった。子供たちは泣き叫び、女たちはよろけながら近くの裏山や畑に逃げた。一家の主や年寄りは、その場で斬殺《ざんさつ》されるか、槍に突かれて息絶えていった。

無人となった家には火が放たれ、村の空が赤くなったほどであった。しかし男たちの目的は、皆殺しではなかった。命乞いをする者には恩情を与え、その場で両手両足を縛っただけだった。

白鳥村襲撃は小半刻もせずに終了した。

いまは女子供のすすり泣きと、ぱちぱちと燃える家の音、そして森のなかで鳴く鳥の声しかしなかった。

指揮をとった男は再び馬に乗って、ゆっくりと村々を見ていった。女と子供、そして命乞いをした男たちは一カ所に集められていた。だが、騒ぎの隙《すき》を見て、まんまと逃げた男や女もいたはずだ。

馬上の男はそれを危惧《きぐ》していた。しかし、城下へつづく道には、仲間の百姓たちが見張りについているので、村から出ることはできない。

上保川沿いの道に来たとき、そばの木立で小さな物音がした。馬上の男の耳がぴくっと動き、双眸が鷹《たか》のように光った。

ぱきっ。

枯れ枝を踏み割る音がした。

「出てこい」

馬上の男は声をかけた。

「おとなしく出てくれば命は助ける」

言葉を重ねたが木立のなかにいる人間は姿を現さなかった。馬を近づけると、藪《やぶ》をかき分けて逃げる影が見えた。馬上の男は背中の弓を取るなり、矢をかけて、狙《ねら》いを定めた。

びしゅっ、と放たれた矢は、一直線に逃げる影に向かって飛んでいった。

ひゃあと、逃げる影が悲鳴をあげて地に転んだ。馬上の男はすかさずつぎの矢をつがえた。そのとき、地に転んだ影が白い面をあげて、馬上の男を振りあおいだ。その顔には乱れた髪が被さっていた。目はすっかり怯《おび》え、恐怖のために唇がわなわな震えていた。

馬上の男は弓をゆっくりおろし、弦《つる》にかけていた矢を外した。

「女、手を出せ。……出すんだ」

逃げていたのは女だったのだ。女は恐る恐る手を伸ばした。殺さないでと、震え声で哀願した。馬上の男はなにもいわず、女の手をつかむと、そのまま馬に引っ張りあげて、後ろに乗せた。

「……殺しはせぬ」

三

六十五万石の城下町名古屋は、大きく武家地・町中《まちじゅう》・寺社門前・町続《まちつづき》に分けられる。音次郎と三九郎が入った旅籠は、三の丸に近い京町筋といわれる通りの南にあった。二階窓から往還を眺めることができ、碁盤の目に作られた町屋の向こうに、夜空に聳《そび》える名古屋城が見えた。しかし、もうすでに闇は濃くなっており、五層五重の天守閣の背後に星たちが散らばっていた。

「そんなわけでして……へえ……」

話を終えた三九郎は、にやっと笑って音次郎を見た。

「そんなわけといわれても……」

言葉がつづかず、音次郎は口をつぐんだ。

なにより人の運命の不思議さに驚いているのだった。死罪を申し渡され牢屋敷《ろうやしき》に入った囚人だった音次郎は、もとは将軍外出時の警護を務める番方の御徒衆《おかち》だった。

それがどういう運命のいたずらか、囚獄・石出帯刀の密命を受ける手先となって一命を救われ、闇の仕事を請け負うようになった。ところが、囚獄の手から解放されたと思ったら、今度はまたもや幕臣に近い人間になったのだ。

「よもや遠国御用《おんごくごよう》とは……」

あらたな役目を知らされたばかりの音次郎は、つぶやかずにはおれなかった。

遠国御用とは、わかりやすくいえば、諸国の実情を内偵するために旅することをいう。そして、この用命を直接受けるのは御庭番《おにわばん》であった。

これには、吹上《ふきあげ》御花《おはなばたけ》畑奉行支配下の御庭方と、御休息御庭之者《おきゅうそくおにわのもの》という役職がある。前者は江戸城内にある花畑の管理をする番人でしかない。ここでいう御庭番は後者のほうをさし、将軍あるいは御用御取次《ごようおとりつぎ》、もしくは老中の密命を受けて、諸国の大名の動静を探る諜者《ちょうじゃ》であった。

この役目は、八代将軍吉宗《よしむね》が紀州から連れてきたとくに有能な十七名を、御広敷伊賀者《おひろしきいがもの》という役に任命したことにはじまっている。以来、隠密裡《おんみつり》の動きで彼らは諸藩の動静を探りつづけていた。

御目見得《おめみえ》以上の両番格《りょうばん》、御目見得以下の小十人格《こじゅうにん》・添番格《そえばん》・御庭之者支配などの各位があったが、諜者となって動く御庭番は、同輩でさえその動きを知ることはなかった。当初十七家の世襲であったが、絶えた家があったり、分家をする次男や三男も出てきたので、時代によって、その人数や家数には増減があった。

音次郎は行灯《あんどん》の明かりを片頰《かたほお》に受けている三九郎の顔を長々と見つめて、

「それではおぬしは、御庭番というわけなのか……」

「そうじゃありません」

三九郎はあぐらを組み替えてつづけた。

「おれを動かしているのは、村垣重秀《むらがきしげひで》という旦那です」

「村垣……」

「おれは、その手先ですよ。つまり、旦那もおれと同じ手先というわけです」

「手先……そういうことであったか……」

「まあ、旦那のほうは、ただの手先じゃないでしょうが……」

音次郎は肩を動かして息を吐いた。

「それより、そろそろ飯にしませんか」

三九郎にいわれて、音次郎はようやく腹が空いていることに気がついた。

女中を呼ぶと、早速夕餉の膳《ぜん》を調えさせ、酒を運ばせた。料理は一汁三菜と、とくに目新しいものではなかった。

「もっと知りたいことがあるのだが……」

音次郎は盃を持ちあげて三九郎を見た。

「へえ、なんなりとお訊《たず》ねください。とはいってもおれも知らないことがあるんです」

三九郎はそういって、貝のみそ汁をすすった。

「吉蔵は郡上藩を調べてほしいようなことをいったが、直截《ちょくせつ》にはどういうことなのだ?」

「はあ、それはおれにもよくわからないことです」

「わからない?」

音次郎は目を細めた。

「なにもかも聞いているわけじゃないんです。村垣さんに、郡上藩に行ってこいといわれただけで、あとのことはいずれここにやってくるはずの人間が教えてくれるんでしょう」

「その人物のこともわからないというのか？」

「へえ、まったくそのとおりで……」

音次郎は、ふうと、短く嘆息して、吉蔵が口にしたことを思いだした。

「吉蔵は郡上藩の御側用人が辻斬《つじぎ》りにあった。その下手人はわからないといったな」

「斬られたのは、仁科信右衛門という人です。郡上藩上屋敷そばの壱岐坂のことで、その下手人《げしゅにん》は三人です。三人というのは、逃げた駕籠《かご》かきが証言してるようですが、その三人のことはさっぱりわからないそうで……」

「なぜ、斬られたのだ？」

「さあ、それもおれには……」

三九郎は酒を飲み、大根の漬け物をぽりぽりと嚙《か》んで、言葉を足した。

「とにかく郡上藩にあやしげな動きがあるのは間違いないんでしょう。騒ぎになっているのか、それとも城下の闇でなにかの企《たくら》みが進んでいる。そういうことのはずです。江戸詰の側用人が殺されたんですから、ただごとでないのはいうまでもありませんがね」

「おまえはまったく他人事《ひとごと》のように話すな」

「だって詳しいことがわからないんですから」

「それはそうだろうが……」

音次郎はしばらく黙り込んでから、飯に取りかかった。近くの客間で賑《にぎ》やかな声や笑い声が起きていた。三味や鼓の音といったものは聞かれないが、少し前には聞いたことのない土地の唄が歌われていた。

「それで、おまえはどうやってその御庭番の村垣という方に雇われることになったのだ」

三九郎はぱんと手を打ち合わせて、目を輝かせた。

「やっと聞いてくれましたか。いや、旦那、ほんとはもう早くくっちゃべりたくって、うずうずしていたんですよ。ですが、あの吉蔵さんが聞かれるまでは、自分のことはなにも話さなくていいというんでね。それでずっと我慢してたんです。いや、ちゃんと話しましょう」

三九郎は箸《はし》を置いて居ずまいを正した。

それまでとは違い、妙にかしこまった顔もする。

「おれはこう見えても、もとは御家人《ごけにん》なんです。早い話が、仕官の口もなければ、職にもありつけないただの貧乏侍でした。食うにも食えないので、ある商人に株を売りわたしちまったんです」

「おれは目黒不動《めぐろふどう》に住んでおりました。だから不動前の三九郎なんて名乗ってますが、本当は水谷《みずたに》って名がちゃんとあるんです。株を買ってくれたのは、目黒行人《ぎょうにん》坂にある質屋の旦那です。一癖も二癖もありそうな親爺でしたよ」

「商人とは？」

「その後はいかがしたのだ」

「よくぞ聞いてくださいました。株を売っちまったら、なんだか清々《せいせい》しましてね。侍だ二本差しだといってるときは、肩身の狭い思いをしていましたが、これでなんの身分もない町人に成り下がったと思うと、気が楽になって思い切り羽を伸ばしたくなったんです。それで滅多に行くことのない両国の盛り場で、遊びほうけていたんです。遊ぶといっても、売った株の金なんかすぐになくなっちまいます。ところが、たまたま入った船宿の二階でいいものを見つけたんです」

「いいもの……」

「ある侍が昼寝をしておりましてね。その懐から、重そうな財布が転げ落ちたんです。侍はなにも気づかずに高鼾《たかいびき》のままです」

三九郎はそういって、そのときのことをつぶさに話した。

財布を見た三九郎は、息を止めてまわりを見た。二組の客がいたが、舟が来たと女中に告げられて、すぐに出ていった。二階の客座敷には、三九郎と昼寝をしている侍だけだ。おまけに、その侍はこぼれた財布には気づかず、背中を見せている。

三九郎は息を殺して静かに近づいて、財布に手を伸ばしてつかんだ。

「ところが、びっくりするってもんじゃありません。てっきり寝込んでいると思っていたその侍に、手をつかまれちまったんです。いやあ、心の臓が口から飛び出るほど驚くっていうのは、まさにあのときのことです。ふいのことだったので、こっちはすっかり慌てふためいて、ひたすら謝るだけです。ところが、その侍は懐の大きい人で、金に困っているのなら持っていってもいいというんです。それでまた、呆気《あっけ》に取られていると、ただしただでやるわけにはいかないというんです」

三九郎はその侍にこういわれた。

――この財布には十五両という大金が入っている。十両以上の盗みが死罪だというのはおぬしも承知しているはずだ。つまり、御番所（町奉行所）に突きだせば、おぬしの命はないということだ。……さもなくば、ここで斬ってやるか。

――そ、そんな……。

岩をも射抜くような鋭い目でにらんでくる侍に、三九郎はすっかり度を失った。

——だが、おれの頼みを聞いてくれるなら考えてもよい。見事その頼みを果たしてくれたら、この財布はそっくりおぬしにやることにする。

「その頼み事というのは、ある大名屋敷に忍び込めということでした。書院部屋の前に庭があり、一対の灯籠《とうろう》がある。その灯籠のなかに、印籠《いんろう》を置いてこいというんです。印籠には葵《あおい》の御紋が入っておりましてね」

「それで……」

「そりゃ、どう転んだところで殺されるんです。それに大金がかかっているし、どうせやることはないんですから、命がけでやることにしました。見つかりゃただじゃすまないのは承知之助ですが、おれはちゃんとやり遂げました」

「その頼みごとをしたのが、村垣重秀という御庭番だった、そういうわけか」

「どんぴしゃりのそのとおり。かれこれ三年ほど前のことですが、それからどんなことをやったかはおいおい話しますよ」

「それで、その大名屋敷にはなぜ、徳川家の印籠を……」

「詳しいことは教えてもらっちゃいませんが、なにか含むところがあったようです。ないしょですが忍び込んだのは、大久保加賀守《かがのかみ》の上屋敷です」

浜松町にある小田原《おだわら》藩の上屋敷のことである。音次郎は遠い目をして、なぜそのような悪戯《いたずら》に似たことが御庭番に要求されたかを考えた。含むこととは、おそらく徳川家の威信を思い知らせるためだったのだろう。権力を誇示して、忠誠を誓わせるためだったとも考えられる。

じつは将軍家斉は同じようなことを、薩摩《さつま》藩主・島津斉興《しまづなりおき》に行っている。ある日、家斉は斉興をそばに呼び、そちのところの蘇鉄《そてつ》は見事だといったことがある。斉興は三田《みた》の藩邸か、それとも深川《ふかがわ》の下屋敷かと問うた。

——そちの国許《くにもと》の城のことだ。

——国許の、蘇鉄……。

斉興が不思議に思うのは、家斉が薩摩に行ったことなどないからであった。しかし、家斉は不敵な笑みを浮かべ、

——嘘《うそ》だと思うなら、調べてみるがよい。一番大きな蘇鉄の根本に、葵紋の笄《こうがい》が挿してある。

と、申した。

冗談だと思った斉興だが、大御所にいわれては気持ちが悪い。そこで国許に遣いを出して調べてみると、たしかに家斉のいった笄があった。つまり、はるか遠い国であろうと、将軍の目は隅々までゆきわたっているので、注意をしておけという威嚇《いかく》だっ

たのである。

「……生きているとなにがあるかわからぬな」

音次郎がしみじみとした口調でつぶやいたとき、障子の向こうから、「お食事はおすみでしょうか」という声があった。

「ああ、すんでおる。下げてかまわぬ」

音次郎がそう応じると、障子が音もなくするすると開いた。てっきり女中だと思っていたが、まったく違う女であった。

「そなたは……」

音次郎は目を見開いて、驚きの声を漏らした。

四

顔を見せた女は、口許に嬉《うれ》しそうな笑みを湛《たた》えた。

「佐久間さん、お久しぶりでございます」

女は、以前きぬが鹿沼源之助の一味に拐《かどわ》かされたとき世話になった、女軽業師《かるわざし》のお藤《ふじ》だった。

「なぜ、ここに……」

「それはのちほど」

お藤は部屋のなかに入ってくると、障子を閉めて、三九郎を眺めた。

「あなたが、不動前の三九郎さんですね」

「そうだ。おまえさんは？」

「藤と申します。郡上藩への案内を務めますので、どうかよろしくお願いいたします」

「すると、おまえさんがおれたちを手引きするというわけなのか。旦那、この女を知っているんで……」

三九郎が目をしばたたいて音次郎を見た。

「知らぬ仲ではない。しかし、いったいどういうことだ？」

「とにかく膳部を下げさせましょう」

お藤はそういって、女中を呼び、夕餉の膳を片づけさせたそのあとで、

「おきぬさんはお元気でしょうか？」

と聞いた。

「お陰さまで元気にしている。まさか、そなたにまた会おうとは思いもしないことだ

ったが、いったいどうなっているのだ」

「三九郎さんと吉蔵さんから、おおよそのことは聞いていると思いますけど……」

「待て、吉蔵のこともそなたは知っていたのか」

「はい。一方的ではありますが、存じておりました。佐久間さんと会ったのも、じつは偶然のことではなかったのです。お会いしたのは昨年のことですが、ひそかに佐久間さんのことを探らせてもらっていました。その結果、眼鏡に適《かな》うとわかり、囚獄の手から此度《こたび》の役目に就いてもらうことが決まったのです。それに、佐久間さんを江戸に置きつづけるのにもかぎりがありました」

「そんなことが……」

なにもかも自分の知らないところで、ことが運ばれていたというわけである。音次郎は権力の闇の恐ろしさを思い知らされた気分だった。

「とにかく、郡上藩はただならぬ雲ゆきなのです」

「ただならぬってえのはどういうことだい？」

三九郎が煙管《キセル》を吹かしながら訊《たず》ねた。

「急《せ》かさないで聞いてくださいな。じつは郡上藩乗っ取りが画策されているかもしれないのです。それは、以前同藩で起きた騒動に端を発しているのではないかと思われます」

お藤はその騒動の経緯を、かいつまんで話した。

現在の郡上藩主は、青山幸完《よしさだ》であるが、先代幸道《よしみち》の前は、金森頼錦《かなもりよりかね》が郡上藩を支配していた。宝暦《ほうれき》四年（一七五四）、頼錦は深刻な藩財政を立てなおそうと、定免法《じょうめんほう》による年貢の徴収を検見法《けみほう》に変更する断を下した。

定免法とは、過去数年の年貢をもとに、相応の年貢高を決め、豊作・不作にかかわらず徴収する方法だが、大凶作の場合は、村からの出願に基づいて、減免措置がとられた。

検見法は、土地の生産力を基礎に年貢高を決定する方法である。定免法に比べると、年貢を最大限にとることが可能な徴租法《ちょうそ》だった。しかし、土地の検見には多額の費用がかかり、百姓への負担が大きくなるばかりでなく、不作のときには年貢不足を補うために新たな年貢負担がかけられる。豊作ならその逆かというと、米相場が下がるために結果的には百姓にとって増税となる。

そのために百姓たちは、検見法中止の嘆願書を出したが、藩はこれを拒み、反対派の百姓たちを弾圧した。引き下がることのできない百姓たちは、結束して一揆《いっき》を起こすことになる。この一揆は一カ所にとどまらず、領内に広まり、なかには投獄された農民が出るなどして、騒ぎは一層激しくなった。また、これと同時に藩領であった越前国大野郡石徹白《いとしろ》村で、神社の主導権争いが起き、収拾がつかなくなった。

この二つの騒ぎが、再三行われた箱訴《はこそ》や強訴《ごうそ》によって、江戸においても大きく取り沙汰《ざた》されるようになり、ついに幕府が動き、ときの勘定奉行・大橋近江守《おうみのかみ》が、一連の騒動に関わった者たちを召還し、訊問《じんもん》をはじめたのである。これによって、藩主・頼錦の施策失敗や藩政の不首尾などが露見することになり、宝暦八年（一七五八）に裁決が出た。

藩主・頼錦は改易《かいえき》ののち、盛岡《もりおか》藩南部《なんぶ》家へ長預け、嫡子出雲守頼元《いずものかみよりもと》以下五人の男子は士籍を剝奪《はくだつ》され、頼元と三男・伊織《いおり》は改易、五男熊蔵《くまぞう》・六男武九郎《たけくろう》（頼興《よりおき》）・七男満吉《まんきち》は預け払いとなった。

「仕置きを受けたのは、藩主だけではありません。国家老に江戸家老、寺社奉行らも厳罰を受け、さらには騒ぎを起こした百姓たちも獄門や死罪になっています」

「それがいまの騒ぎにつながっているってわけかい？」

三九郎がじっとお藤を見つめながら訊ねた。

「おそらく、そうだと思われます。誰がどんな企みを持っているのか、それを調べなければなりません」

「お藤さん、調べるというが、いったい郡上藩でどんなことが起きているのだ。まさかそれもわからないというのではあるまいな。三九郎、茶をくれぬか」

音次郎は湯呑《ゆの》みを三九郎に差しだして、お藤に顔を戻した。

「さっき、郡上藩乗っ取りが画策されているといったが……」

「そうかもしれないのです。現に藩内の村で暴動が起きたり、百姓同士のいざこざが起きています。いまは小さな火ですが、放っておけばまた大きな騒ぎになるかもしれません」

「それが乗っ取りとどうつながるというのだ？」

お藤は膝《ひざ》を動かして、音次郎に正対した。ほどよく日に焼けた顔が、行灯《あんどん》の明かりを照り返していた。黒く澄んだ瞳と、濁りのない白目で見つめられると、気恥ずかしさを覚え、思わず視線を外したくなるが、音次郎はまっすぐ見返した。

「宝暦の郡上騒動と同じことが起きるかもしれないということです」

「とにかく、郡上藩で騒動が起きていて、その騒ぎの元を作っているのが誰であるか、それを探ればよいということだな」

「端的に申せば、そういうことです」

「なんだ、最初からそういやいいんだよ。七面倒くさいことというから、頭がこんがらかりそうになったぜ」

三九郎は脇の下をぼりぼりかいて、それでどうするんだと言葉を足した。

「明日の朝、郡上藩に向かいます」

「もとよりそのつもりでここまで来ているのだ」

音次郎はそういって茶を飲み、窓の外に目を向けた。

満天に星たちが散らばっていた。

五

「あれから三十有余年の月日が流れたというわけだ」

ぼそりとつぶやいたのは、片重半兵衛《かたしげはんべえ》だった。星明かりに照らされた顔には、無数の深いしわが刻まれていた。目は吉田川の向こうの闇に浮かぶ郡上八幡《ぐじょうはちまん》城に向けられていた。

本丸、松の丸、桜の丸が黒い影となっている。天守閣のない山城である。

「藤次郎《とうじろう》、あの城をわしがなんと呼ぶかわかるまい」

半兵衛はそばにいる小者《こもの》に問いかけた。

「さあ、なんでございましょう?」

「愚城だ」

「そりゃ、郡上八幡城ですから……」

藤次郎は訝《いぶか》しそうに半兵衛の横顔を見た。

「そうではない。愚城とは愚かな城という意味だ。この地に、あんな城などいらぬのだ。館のひとつもあれば十分だった。こんな山奥に豪壮な城を建てたばかりに、この国は栄えることがない」

「………」

「民百姓が苦しみつづけてきたのは、あの城のせいだ」

半兵衛の目に、影となった黒い郡上八幡城が映っていた。

「それはまさしく、愚城に違いありません」

藤次郎は惚《ほう》けたような顔で、闇のなかに浮かぶ城に目を凝らした。ゆるやかな風が吹き抜ける山間の谷に、梟《ふくろう》の声がこだましていた。

「さあ、藤次郎。そろそろまいろう」

「はい」

二人は慈恩禅寺《じおんぜんじ》の山門を出て、吉田川に向かう坂を下った。

二更《にこう》(午後十時)を過ぎようとしているので、城下は静けさに包まれている。藤次郎の持つ提灯《ちょうちん》の明かりが左右に揺れながら、半兵衛の足許を照らしていた。乾いた足音が近づいてきたのは、とある小さな地蔵堂の近くだった。

半兵衛は足を止めて、足音に耳をすました。

「藤次郎、油断いたすな」

短くいった半兵衛は、刀に反りを打たせて、闇の奥に目を凝らした。駆けてくる足音が徐々に大きくなり、闇のなかにひとりの男の姿が現れた。

「誰だ?」

半兵衛は黒い影に向かって誰何《すいか》した。影が立ち止まり、藤次郎の持つ提灯の明かりに浮かぶ半兵衛をのぞき見るように窺《うかが》った。

「片重半兵衛殿でござろうか」

「……いかにも。そのほうは?」

「気良《けら》村からまいりました市蔵と申します」

男はそう名乗って、地蔵堂の前まで足を進めた。祠《ほこら》に点《とも》されている蠟燭《ろうそく》が、その横顔をさらした。二十代後半の壮健な男だった。小袖《こそで》を端折《はしょ》った帯に、大刀を落とし差しにしていた。総髪《そうはつ》である。

「気良村から来たと申したな」

半兵衛は片眉《かたまゆ》を動かして聞いた。

「いかにも。これより村に案内いたします」

「……そうか、ならば頼もう」

半兵衛はそういって、市蔵の脇をすり抜けて先に立った。藤次郎が慌てて追いかけてきた。半兵衛は背後に神経を配った。見送る恰好で立ち止まっていた市蔵が、あとにしたがう気配があった。

半町ほど行って吉田川の畔《ほとり》に出た。心地よいせせらぎの音が聞こえている。半兵衛は胸の内で、気良村といったな、とつぶやいて、白髪まじりの太い眉を動かした。市蔵が間合いを詰めてくるのが、地面に映る影法師でわかった。

瞬間、半兵衛は藤次郎を脇に突き飛ばすなり、抜刀して身をひるがえした。藤次郎が、「わあ」と、驚きの声をあげたとき、半兵衛の刀は横に一閃《いっせん》されていた。

それを見切った市蔵が、とっさに下がって間合いを取った。

「貴様、誰のまわし者だ」

半兵衛は脇構えになって、間合いを詰めた。下段に構えている市蔵は動かなかった。

「島流しの罪人に教えることなどない」

「そうではないか。のこのこ戻ってきやがることはないのだ。おぬしは落人《おちうど》に過ぎぬ」

「なにをッ」

「ほざけッ。さてはおぬし、青山家家中の者か……」

「どうとでも取れ」

市蔵はいうなり、電光石火の突きを繰りだしてきた。半兵衛はそれを払って右にまわり込んだ。長く戦う体力はもはや残っていない。勝負は一瞬で決めなければならなかった。

青眼に構えなおした半兵衛は、肩を動かして息を吐いた。それを見た市蔵が、口辺に笑みを湛《たた》えた。もはや勝負ありという目をしている。

半兵衛は青眼に構えた刀の切っ先をゆっくり下ろした。市蔵が爪先で地面を噛みながら、半寸、また半寸と間合いを詰めてくる。

半兵衛は動かずに、相手の斬撃《ざんげき》を待った。

来た！

市蔵の刀が上段に振りあげられ、そのまま一気に振り下ろされた。半兵衛が動いたのはその刹那《せつな》だった。市蔵の懐に飛び込むように、逆袈裟《ぎゃくげさ》に斬りあげたのだ。

「うげっ……」

市蔵はそのまま前のめりに倒れて、土埃《つちぼこり》を舞いあがらせた。

提灯を持っている藤次郎が、瘧《おこり》にかかったように震えていた。顔面蒼白《そうはく》だ。

「か、片重さま……」

「うむ」

半兵衛は藤次郎にうなずいてしゃがむと、市蔵の顎をつかんだ。

「誰の差し金だ？」

問うたが、もう無駄だった。市蔵はかすかに唇を震わせただけで、息を引き取った。

半兵衛は市蔵の着物で、血刀をぬぐった。

「どうして、この男のことを……」

藤次郎が怯《おび》え顔で聞いた。

「こやつ、気良村から来たといった。迎えの者は、気良村から来ることにはなっていない。瀬取《せとり》村から来るのだ」

半兵衛は立ちあがって、死体となった市蔵を見下ろした。

「こやつ、迎えの者を斬っている」

吐き捨てた半兵衛はそのまま早足となった。藤次郎が慌ててついてくる。やはりそうであった。吉田川に架かる宮ケ瀬《みやがせ》橋をわたったすぐのところに、二つの死体が転がっていた。

「邪魔者がいるというわけか……」

つぶやいた半兵衛は、遠くの空に目を転じた。

六

名古屋を発って、三日が過ぎていた。

音次郎たちは中山道の宿駅・加納《かのう》宿を出て、郡上街道を北へ上っていた。加納宿から郡上八幡まで十四里である。まだ、先は長い。普通の旅人ならおよそ三日の行程であるが、音次郎たちは足を急がせ、二日で郡上八幡に入る予定だ。

「雨がやまぬな」

音次郎は編笠をあげて、空を眺めた。朝からしつこい霧雨が降っていた。そのせいで濡《ぬ》れた若葉は緑を濃くしていた。

「どこかで一休みしますか」

「いえ、先を急ぎましょう。明るいうちに地蔵坂を越えたいのです」

三度笠を被っているお藤が、三九郎を諭《さと》すようにいった。

「その地蔵坂ってのはまだ先なのか？」

「ずっと先です。須原《すはら》から木尾《こんの》へ入るところにありますが、口留番所《くちどめばんしょ》があるんです。そこを抜けたいのですよ」

「口留番所……こんな山奥にもそんな番所があるんだ」

三九郎は周囲の山を眺めながらいう。長良川沿いに北上する郡上街道には、あちこちに水溜《みずた》まりが出来ていた。雨が降っているにもかかわらず、蝶《ちょう》が舞っている。道端に咲く花の蜜《みつ》を吸いに来ているのだ。

上有知《こうずち》を素通りし立花《たちばな》に入ったのは、まだ正午前だったろう。刻を知らせる鐘音もしないし、あいにくの天気であるから、時間が読めなかった。

「この辺で休もうではないか」

それまで黙々と歩いていた音次郎も、さすがに疲れを感じていた。

「そうしましょう。まったくへばっちまったよ。お藤の姉さんよ、あんたは大丈夫なのかい？」

三九郎は言葉どおりくたびれた顔をしていた。

「わたしだって疲れていますよ」

「へえ、そんなふうには見えないがな」

　ぼやく三九郎は、肉置《ししお》きのよいお藤の腰のあたりを舐めるように見る。名古屋でお藤に会った晩、三九郎は音次郎ににやついた顔で、「あんないい女が、仲間にいるとどうにも男がうずいちまうじゃありませんか」といっていた。どうやら、お藤に好意を寄せているようだ。しかし、お藤のほうは歯牙《しが》にもかけていない様子である。

　立花村の粗末な茶店で、小半刻ほど茶を飲んで過ごした。その間に雨が降り止むのを願ったが、その気配はない。着物は汗と雨を吸ってべとついていた。

「江戸で郡上藩の御側用人が斬られたといっていたが、下手人は三人だったな」

　音次郎は腕の汗をぬぐいながらお藤を見た。

「そうですが、下手人の手掛かりはないということです。それに留守居役《るすいやく》も辻斬りにあっています」

「留守居役まで……」

「難を逃れて無事だと聞いていますが、やはり襲ってきた曲者《くせもの》のことは皆目見当がつかないということでした」

「……その曲者の人数は？」

「三人だそうです」

「……三人」

もしやと、つぶやき足すと、お藤がさっと顔を向けてきた。

「なにか心当たりでも……」

「うむ。じつは白須賀宿で騒ぎを起こした三人の男がいたのだ。もっともあの者たちは、桑名の者だといっていたが……」

音次郎は旅籠・吉田屋で問題を起こした桑名藩士のことを、ざっと話してやった。

「桑名といえば、松平越中守《えっちゅうのかみ》定信さまと、ご昵懇《じっこん》の仲だといわれる、松平下総守《しもうさのかみ》の国許……」

お藤は湯呑みのなかに立つ茶柱を見つめた。

「滅多なことはいえませんが、越中守の指図が裏であったと考えることもできます。なぜなら、郡上藩主・青山大膳亮さまは越中守が進める改革に与《くみ》されていたのに、突如病気を理由に若年寄を辞されています。その裏には、越中守のやり方を訝《いぶか》しんで翻《ひるがえ》ったという話もあります」

「つまり、裏切りだと……」

「話だけですが、越中守の企てだと考えることも……。もし、そうであれば佐久間さんが会われた三人の藩士が下手人だったのかもしれません」

「もし、そうであれば大変なことである」

「もちろん、推量だけですから……」

お藤は静かに茶を飲んだ。

音次郎は降りつづく雨の向こうを見ながら、しばらく考えた。

「郡上藩乗っ取りを画策しているのが、越中守ならとんでもないことだ」

「考えにくいことではありますが、こればかりは蓋《ふた》を開けてみないとわかりません。そろそろまいりましょうか」

お藤はそういって、先に立ちあがった。女ではあるが、腰に刀を差していた。

須原の先にある地蔵坂まで、そこから小半刻もかからなかった。坂の頂上には口留番所があり、二人の番人が詰めていた。

どうにも目つきの悪い番人で、音次郎らを品定めするように見て、振り分け荷物を改めさせろと不遜《ふそん》なものいいをした。

「こんな荷物なんか見たって、なにも出てきやしねえよ」

番人の態度に腹を立てた三九郎が毒づくと、

「旅をするにしては荷が少なすぎるではないか。いったいどこからどこへまいられるのだ」

と、番人はいい返す。

「行き先なんざ、気の向くまま足の向くままだ。こちとら正真正銘の手形を持っているんだ。ごちゃごちゃいわずにさっさと通しやがれ」

「三九郎、黙って見せればすむことだ」

音次郎が間に入ったので、三九郎は素直にしたがったが、番人は明らかに機嫌を損ねていた。それより、音次郎には気になる男がいた。番所の先にある粗末な茶店の縁台に腰をおろしている二人組の男だった。行商人ふうだが、さっきから音次郎たちを剣呑《けんのん》な目で見ていた。

番人に通行を許可されて、茶店の前を過ぎるときも、二人の男は音次郎らに注意の目を向けていた。お藤に興味を持ったのだろうか……。そう思いもしたが、とにかくいやな目つきであった。

「お藤さん、ひとつ聞いてもよいか」

音次郎は歩きながらいった。なだらかな下り坂がつづいている。道は峡谷を縫うように延びていて、底に長良川が流れていた。

「なんでしょう？」

「そなたは滝田《たきだ》家の長女で、遠島《えんとう》になった彦蔵《ひこぞう》という男を養子として迎えたといったが、それはまことだったのであるか」

歩きながらお藤を見ると、その顔がわずかに紅潮した。視線は前に向けたままだ。

軽く唇を噛んでから、

「嘘《うそ》でございました」

と、詫《わ》びるようにいった。

「あのときは、そう誤魔化しておくしかなかったのです。じつは彦蔵というのはわたしの父の名です」

「……そうであったか」

音次郎は別段驚きはしなかった。

「父は御庭番だったのです」

「なに、おまえさんの親父殿が……」

驚くようにいったのは三九郎だった。

「わたしが男であれば、父の跡を継いで御庭番に取り立てられたはずです。あいにく、女であるがために手先になるしかなかったのです」

「それじゃそなたを使っているのは……」

音次郎が聞いた。

「村垣重秀さまです」

「なんだと、それじゃおまえさんとおれのご主人は同じだってことじゃねえか」

三九郎は目を丸くしていた。

「そういうことです」

「なんだ、なんだ。やっぱりそういうことだったのかい。まあ、どうでもいいことだが、村垣の旦那も人が悪いや」

「その村垣さんは、先に郡上藩に入っているのだな」

音次郎の問いに、お藤はわからないと首を振った。道の先に二人の男が現れたのはそのときだった。さっき、口留番所の近くにいた二人組だった。

どうやら山道を抜けて、先回りしてきたらしい。

「なんだ、おめえらッ」

三九郎が怒声を発した。だが、二人組は無言のまま、するりと刀を抜いた。

七

「何故の所業だ？」

足を止めた音次郎は二人を見ていった。だが、相手はゆっくり近づいてくるだけだった。すでに総身に殺気をみなぎらせている。

「下がっているんだ」

音次郎は片手で、お藤を後ろに下がらせた。

剣気を募らせている二人組は、さらに間合いを詰めてくる。一見、尻端折りに股引《ももひき》、脚絆《きゃはん》に草鞋履きという行商姿だが、足の運び、構えからして、並の腕ではないと察せられた。

「なんの真似だ。てめえらに襲われる理由なんてねえはずだ。やい、黙ってねえで、わけをいいやがれ」

三九郎が怒鳴るようにいうが、無言の二人組はただ不気味さを漂わせて、間合いを詰めてくるだけである。両者の距離は、すでに三間《けん》ほどになっていた。

霧雨の降りしきる狭い往還には、人の姿はない。雨を吸いつづける山間には、甲高《かんだか》い鳥の声がひびいているだけだった。

「しかたない」

音次郎はそういって、愛刀・左近国綱を抜いた。

すでに鯉口《こいぐち》を切っていた三九郎も刀を抜いた。鈍い光を放つ白い刀身に、霧状の雨が張りついた。すでに両者の間合いは二間を切っていた。

先に撃ちかかってきたのは、左にいる男だった。霧雨を断つ、鋭い振りであった。だが、これは牽制《けんせい》にすぎず、刀を一閃させるや、右水平にした脇構えになった。右の男は左下に剣先を向けたままだ。

「三九郎、ぬかるな」

注意を促した音次郎は、三九郎にいかほどの腕があるかわかっていない。最悪の場合は、ひとりで相手をしようと考えていた。

「たあッ！」

その三九郎が裂帛《れっぱく》の気合もろとも撃ち込んでいった。

ガチーンと、鋼をはじく音が耳朶《じだ》を打った。三九郎の一撃がかわされたのだ。同時に、右の男が音次郎の胴を抜きに来た。音次郎は半身をひねって、相手の刀をかわすなり、あいている右肩に撃ち込んだ。ところが、その姿がふっと目の前から消えた。素早い身のこなしで、横にまわり込まれていたのだ。

音次郎はわずかに驚きはしたが、慌てはしなかった。ひとつ、息を吐き、右八相に構えなおした。雨に濡れた顔のなかで光る双眸が、相手の姿を映していた。

爪先が水溜まりにかかったそのとき、相手が先に動いた。音次郎は左に払い、返す刀で相手の二の腕を切りあげた。

「うッ」

男はすすっと下がったが、音次郎は逃がさなかった。間髪を容れず間合いを詰めると、そのまま面を割りにいったが、がっちりと受け止められた。そのまま鍔迫《つばぜ》り合いの恰好で、にらみ合った。奥歯を嚙んで、引くか押すかの駆け引きとなった。

「何故、襲う？」

相手は無言である。まるで口が利けないように沈黙を保っている。間合いを取りたいが、力が拮抗《きっこう》しているので、不用意に離れることができない。

「襲うにはわけがあるはずだ」

「……公儀の犬を通すわけにはいかぬのだ」

男は短く吐き捨てて、ぱっと離れた。そこに一瞬の隙《すき》を見出《みいだ》した音次郎は、相手の肩から胸にかけて袈裟懸けに斬り捨てた。

「むぐっ……」

男は膝を崩してよろけると、そのまま地面に倒れた。音次郎はすぐに三九郎の助太刀をしようと思ったが、

「とおッ！」

気合一閃、三九郎の刀が斜めに振りあげられていた。ぱっと、血潮が飛び散り、地面を赤く染めた。相手の男は、よろよろと二、三歩進むと、足を踏み外し、そのまま崖の斜面を転げ落ちてゆき、途中の木に体をぶつけて天をあおいだ。その目はすでにうつろであった。

「くそッ、手こずらせやがって……」

三九郎は二の腕で、口のあたりをぬぐって、刀に血ぶるいをかけた。

「何者だったのでしょう？」

避難していたお藤が音次郎のもとに駆け寄ってきた。

「わからぬ。だが、おれたちのことが漏れていると考えてよさそうだ」

「漏れている……」

「うむ、この男、公儀の犬を通すわけにはいかぬといった」

音次郎は斬り捨てた男を見下ろした。それからそばにしゃがんで懐を探ってみたが、身許を明かすものは出てこなかった。

「お藤さん、おれたちのことが漏れているとすれば、気をつけねばならぬぞ」

「でも、どこでわたしたちのことが……」

お藤は怪訝そうに首をかしげた。

「とにかく先を急ごう」

音次郎はお藤と三九郎をうながした。

そのころ、小者の藤次郎を連れた片重半兵衛は、郡上八幡城下から上保川（長良川）沿いに進む越前街道の途中にある口神路《くちかんじ》村に来ていた。そこは村の庄屋の家であったが、すでに家人はなくなっており空き家となっていた。

案内をしたのは、瀬取村の長助《ちょうすけ》という百姓だった。

座敷には炉が切ってあり、火のついた炭が入っていた。天井の梁《はり》から垂らした自在鉤《じざいかぎ》には、鍋《なべ》が吊されていて、里芋と牛蒡《ごぼう》と山鳩《やまばと》の肉がぐつぐつと煮えていた。

開け放された縁側から、白い霧に包まれた山が見える。庭には張りつくような、細かい粒状の雨が降りつづいていた。

「四郎左衛門《しろうざえもん》はまだこぬか」

半兵衛は鍋の煮込みを椀《わん》に入れて長助に聞いた。

「知らせはいっておりますので、そろそろ見えられる時分だとは思いますが、なにせこのしつこい雨ですから、道が悪くなっているのでしょう」

「それでも半日はかかるまい」

「片重さま、じきに見えられますよ」

そばにいる藤次郎が宥《なだ》めるようにいった。

半兵衛は黙って煮込みを口に運んだ。待たされることに苛立《いらだ》っているのではなかった。単に、早く杉本《すぎもと》四郎左衛門の元気な顔を見たいだけだった。別れてからすでに三十余年の歳月が流れている。当時、四郎左衛門はまだ十歳になるかならないかの少年だった。あどけない顔が、瞼《まぶた》に浮かんでしかたがないのだ。

「それにしてもこの国は静かだ。静かだが、穏やかではない。浮世とはうまくいかぬものだ。あの山にも、下を流れる川にも数え切れぬほどの怨念《おんねん》が渦巻いている」

「それもこれも青山家家中に民百姓のことを考えない重臣らがいるからです」

藤次郎が応じた。

「もっとも至極」

うなるようにいった半兵衛は、山鳩の肉をゆっくり咀嚼《そしゃく》した。青山家をこの国から追い出さなければならぬ。いや、金森家と同じ思いを味わわせてやらなければ……。

胸中でつぶやく半兵衛は、炉に炭を足した。めらめらと炎が立ち、半兵衛の老顔を赤く染めた。

天気が悪いので、座敷の三方に百目蠟燭が点してあった。ぱちっと炭が爆《は》ぜたとき、

「来ました」

長助がつぶやいて立ちあがり、戸口に走り出て、

「片重さま、四郎左衛門さまが見えられました」

と、座敷にいる半兵衛を振り返った。

「ようやく来おったか……」

半兵衛が頰《ほお》をゆるめたとき、表から小石を踏む蹄《ひづめ》の音が聞こえてきた。つづいて、野太い声がした。

「叔父御《おじご》、叔父御！　四郎左衛門ただ今参上いたしましたぞ！」

昔と声音こそ違うが、懐かしい声であった。

すっくと立ちあがった半兵衛は、早足で表に飛びだした。

第四章　八幡城下

一

半兵衛は庭に躍《おど》り込んできた馬上の男を見た。それはかつて自分が知っていた、あどけない少年ではなかった。頰髭《ほおひげ》を生やした精悍《せいかん》な面構え、剝《む》き出しの逞《たくま》しい腕、そして人を射抜くような鋭い眼光。

杉本四郎左衛門は、ひらりと馬を降りると、濡《ぬ》れている地面などかまわず、片膝《かたひざ》をついて頭を下げた。

「叔父御、お元気の様子、そして無事のご帰国祝着《しゅうちゃく》に存じます」

「うむ。わしも逞しくなったおまえを見て、嬉《うれ》しいぞよ。さあ、立って家のなかに入れ。つもる話はあとだ」

半兵衛は四郎左衛門をいざなって、炉を挟《はさ》んで向かい合った。しばらく四郎左衛門を見つめつづけた。

「……父親に瓜二《うりふた》つじゃ。まるで、市郎兵衛《いちろうべえ》殿がそこに座っておるようだ」

「血のつながった親と子ですから……」

「さあ、まずは目出度い再会に一献」

半兵衛は長助が運んできた酒を四郎左衛門につぎ、互いに盃をあわせて掲げた。

「知らせは聞きましたが、城下で遣いの者が斬《き》られたとか……」

四郎左衛門が盃を置いて訊《たず》ねた。

「うむ。相手はおそらく青山家の者であろうが、瀬取村からの遣いのはずを気良村とぬかしおった。そのまま斬り捨てたが、身許は聞きだせなかった」

「やはり、藩は動いているのですね」

「百姓らがみな、わしらに傾くとは端《はな》から思っていないことだ。当然、予期していたことだ」

「そうでございましたか。それに加えてお伝えすることがあります」

「なんだ？」

「どうやら公儀の犬が領内に入っている様子です」

「公儀の犬……」

「御庭番でしょう。江戸表で叔父御の仲間となった刺客のこともあります。不審に思われるのは致し方ないことです」

「それでその犬の始末は……」

「城下に入ったあやしげな男と女がいましたが、見失っております。網は張っていますが、まだかかった様子はありません。さらには、そやつらの助っ人がやってくるかもしれませんので、地蔵坂の口留番所に見張りをつけています」

「うむ。用心に越したことはない。それで、百姓らの懐柔はどうなっている」

「立者《たてもの》は増えております。この村から上の村は、ほとんど手の内に入ったといっていいでしょう。寝者《ねもの》の多い白鳥村だけは焼き打ちにしましたが……」

寝者とは、半兵衛らの計画に乗らない、あるいは乗るふりをして裏切る者のことをさした。それとは逆に立者とは、計画への賛同者であった。

「なぜ、焼き打ちになど……」

「我々の才略に反対する者が出ないように、見せしめを作っておこうと思ったのです。ただし、女子供には手を出しておりません」

「殺しをやったか……」

「あの村は寝返る者が多くなりましたゆえ……」

半兵衛は四郎左衛門のやり方にかすかな危惧《きぐ》を覚えた。だが、それは胸の内に留めて、

「おまえの仲間は何人揃《そろ》っている？」

と、気になっていることを聞いた。

「十二人です。立者のなかにも、他の村の説得にあたるという者が現れています」

「そのような立者が増えれば、わしらの仕事も楽になる。その数をなんとしてでも増やすのだ。気になるのは邪魔者のことだが、青山家の兵が出てくる前に、百姓らの心をひとつにしておきたい」

「叔父御、すべてがうまくいった暁《あかつき》にはどうなさるつもりです。拙者は先のことを知りとう存じます」

「懸念するには及ばぬ。青山家を改易《かいえき》に持ち込むことができれば、いずれ他国から大名が入ってくるのは明白。どこの大名であるか、いまはわからぬことだが、おまえたちはその大名家に仕官の口を求めればよい。その段取りはわしがつけるから、心配には及ばぬが、それはあとのこと。まずは金森家の権利回復をめざしてことに当たらなければならぬ」

「権利回復でございますか……」

四郎左衛門は頬髭をぬぐって、半兵衛を見た。

宝暦の郡上《ぐじょう》騒動によって、金森家は改易に追いやられたが、六男の頼興《よりおき》（武九郎）は天明《てんめい》八年（一七八八）に、名跡をつぎ金森家再興を果たしている。しかし、それは千五百俵取りの旗本にすぎず、代々つづいてきた利権を得るまでには至っていない。

「さよう、金森家にあった権利を取り戻さなければならぬ。そうでなければ真のお家再興とはいえぬはずだ」

「……なるほど、そうでありましたか。拙者は、金森家を追い落とした青山家に対する怨念《おんねん》を晴らすために、立ちあがるのだと思っておりました」

「怨念を晴らすのは無論のことであるが、大事なのは真のお家再興である。たとえ、一万石であろうが、頼興様に大名として返り咲いてもらわなければ、野に放たれた金森家家中の者たちも救われないであろう」

「まったく至極でございます。野に散った家中の者は、浮かばれぬ暮らしを余儀なくされております。野垂れ死にした者も少なくないと聞き及んでおります」

「その者らのためにも、わしらは立ちあがるのだ」

半兵衛は勢いよく、盃をほした。

「それにしても金森家が改易になった裏に、青山家が絡んでいたとは及びもいたさぬことでした」

「政《まつりごと》には表と裏がある。いつの世も欺かれるのは民百姓だが、大名同士にも駆け引きはある。何故に、青山家が金森家をつぶしにかかったのか、その真意はいまとなってはわからぬことではあるが、このまま黙っている手はないであろう」

「叔父御が佐渡《さど》に留め置かれたままであったなら、拙者はいまだ飛騨《ひだ》の山奥で侘《わ》びしい暮らしをつづけていたことでしょう。しかし、叔父御の知らせを受けて、生き甲斐《がい》を得た思いでありまする」

遠島刑を受けていた半兵衛が、赦免を受けて佐渡を出たのは、二月前のことだった。佐渡から越後についた半兵衛は、昔の金森家家臣を訪ね歩いたが、なかなか捜しあてることはできなかった。

しかし、江戸に入ってからかつての同輩に巡りあうことができた。それは江戸番《ばん》頭《がしら》を務めていた小池覚三郎《こいけかくさぶろう》という男だった。江戸番頭は、江戸詰の番士を支配し、来客などの接待にあたる役目であったがために、三十日の押込《おしこめ》という軽い罪ですんでいた。

小池は思いもよらぬ半兵衛の訪問を喜びはしたが、病床にあり、思うように体を動かすことができなかった。しかし、そこで半兵衛はまったく自分の知らなかったことを聞かされたのだ。

それが、青山家による金森家取り潰《つぶ》しの陰謀だったのである。すでに六十半ばの病人の戯言《ざれごと》だと聞き流すことはできなかった。

――半兵衛、まことだぞ。国許にあって長く勘定方を務めておったおぬしがどれほど金森家を思っていたか痛いほどわかっておる。それゆえに、嘘偽《うそ》りを申しているのではないぞ。

夜具に座したまま力を込めていう小池の胸には、あばらが浮いていた。

――しかし、そんなことが……。

絶句する半兵衛に、小池はつづけた。

――嘘ではない。我が殿が奏者番《そうしゃばん》に推挙されたおり、その地位をめぐってひそかな争いがあったのだ。その相手というのが、青山家の先代・大和守幸道《やまとのかみよしみち》殿だ。大和守は我が殿に破れ、結局は奏者番につくことができなかった。そのことを大和守はそばにあった矢を折って悔しがったという。

奏者番は幕閣内で出世するための登竜門である。奏者番になれるかなれないかで、幕府内での地位が決まるといっても過言ではない。つまり奏者番を外された者には、もはや出世の糸口はないのである。それはつまるところ、地位や発言力を除外されたに等しく、おとなしく城中に詰めて隠居を待つしかない。

——出世街道から外された大和守は、怒りの矛先を我らの殿に向けたのだ。そこで一計を講じたのが、国許の百姓一揆《いっき》だったのである。そして、我が家中はその策謀にまんまとかかり……あとは知ってのとおりだ。

——まことに、それはまことに……。

半兵衛は膝を乗りだして小池に迫った。

——おぬしに嘘など申してもはじまらぬ。大和守のその後を知れば自ずとわかることではないか。金森家家中をつぶし、郡上藩に入封《にゅうほう》すると間もなく、庶子ではあるが幸完《よしさだ》殿を世継ぎにされ、自分は隠居して幸完殿を奏者番に据えられたではないか。その後、幸完殿は若年寄の地位を得てもいる。もっとも昨年、病気を理由に職を辞されたのは、どういうわけかわからぬが、金森家が絶えたのは青山家の陰謀があったからなのだ。

半兵衛は雷に打たれたような衝撃を覚えた。青山家への復讐《ふくしゅう》を誓ったのはそのときで、四郎左衛門に連絡をつけられたのはそれから間もなくのことだった。

連絡役は、小池覚三郎の家に仕えていた小者《こもの》だった。それが、いっしょに連れている藤次郎である。

「叔父御、拙者らは白鳥に陣を張っておりますが、そろそろ城下に進みたいと考えておりまする。叔父御の采配《さいはい》を願えませんか」

声をかけられた半兵衛は我に返って、四郎左衛門に顔を戻した。

「よかろう。おまえはすぐ白鳥に戻り、仲間を連れてこの家に来るがよい」

「それではこの家を、陣屋に……」

「あくまでも仮の陣屋だ。いずれ、足場となる本営は城下の近くに設けなければならぬが……」

「御意《ぎょい》。それでは早速に」

四郎左衛門が立ち去ったのはすぐだった。

二

音次郎らは地蔵坂の件があるので、羽佐古《はさこ》の番所を避けて、相生《あいおい》村までやってきていた。もうここまで来れば城下と同じで、中心部までは一里もない。昨夜は梅原《うめはら》村に一泊して十分に体を休めたので、気力も体力も回復していた。

「旦那《だんな》、まだ日は高いですぜ。明るいうちに城下に入るんですか、それとも日が暮れるのを待ちますか」

せせらぎの水を手ですくって飲んだ三九郎が、音次郎を振り返った。

「どうするか……」

地蔵坂で襲われたとき、自分たちのことが何者かに知られていることがわかっている。それは音次郎たちを快く思っていない輩《やから》だ。

「ここまでの村に不穏な動きはありませんでした。一度城下の様子を見るべきだと思いますけれど」

長良川沿いにつづく街道を見下ろしていた音次郎のそばに、お藤がやってきた。

「それはそうだが、三人で動くのはまずいのではないか」

「それじゃ別れて動きましょう」

「しかし、この地に来るのは初めてだ。案内できる者がいれば助かるのだが」

「それだったら……」

お藤はそばの石に腰をおろして、北の方角に目をやった。

雨あがりの空には一片の雲もなく、周囲の山々は緑鮮やかに輝いていた。長良川の両岸には段丘状の農耕地があり、野路には草花が咲き乱れていた。

「誰かいるか?」

音次郎が問うと、お藤が見あげてきた。

「ひとり、いますが……もしや、その人からわたしたちのことが漏れているのであれば……」

「それは?」

「左兵衛《さへえ》という桶《おけ》職人です。村垣さんからその者を訪ねればよいといわれて会ったのですが……」

「だったら、問題ねえだろう」

せせらぎの斜面を上りながら三九郎がいった。

「お藤さんはその左兵衛に顔を見られているというわけだ」

音次郎は空を舞う鷹《たか》を、目の端で追いながらつぶやいた。

「そうですけど……」

「だが、おれと三九郎のことは知らない。そうだな」

お藤は小さくうなずいた。

「だったら、おれが会うことにしよう。お藤さんと三九郎は、適当なところで待っていてくれ」

「それでは洞泉寺《とうせんじ》という寺があります。その境内で待つことにしましょう」

お藤は寺の位置を詳しく教えてくれたが、音次郎にはぼんやりとしかわからなかった。とにかく城下に入ることにした。

三人は那比《なび》川を越え再び往還に出た。これまでもそうだったが、人の往来は極端に少ない。それは城下が近づいても、あまり変わることはなかった。旅の者でなく、菰《こも》を担いだ付近の百姓とすれ違う程度だ。

「佐久間さん、お藤と呼び捨てにしてください。三九郎さんも」

しばらく行ったところで、お藤がそんなことをいった。なんだか他人行儀すぎるというのだ。

「そうかい、それじゃそう呼ばせてもらうぜ、お藤ちゃん」

三九郎がおどけていって、明るく笑った。冗談の好きな男だ。地蔵坂での立ち回りのあとで、剣術のことを聞くと、

「だから、旦那。おれは金はなかったけど、暇は腐るほどあったから、剣術の稽古《けいこ》だけはやっていたんですよ」

と、けろりとした顔でいった。免許はもらっていないが、武蔵野《むさしの》の田舎に足を延ば

して道場破りをやったこともあるらしい。

稲成《いなり》という村を抜け、吉田川を渡ったのは、おそらく昼四つ（午前十時）を過ぎたころだった。時間は日の上りと傾きで憶測するしかない。

お藤のいう洞泉寺は、日の光にきらめく小駄良《こだら》川の右岸にあり、東方の丘の上にある郡上八幡城を望むことができた。石垣の上に建つ櫓《やぐら》は、白塗りの壁と黒い甍《いらか》を際立たせていた。こんな山奥にしては、

「立派な名城である」

と、音次郎は内心で感心して、しばし眺め入った。

「それじゃお藤、おれと旦那で行ってくらあ」

山門の前で三九郎がさりげなくいった。

「二人で行くのですか？」

音次郎が振り返ると、お藤が目を丸くしていた。

「旦那、おれも行きますよ。ひとのとおり、城下を見ておきたいですからね。なに、くっついて歩かなきゃいいことでしょ」

三九郎はこともなげにいう。音次郎はあきれた顔をしているお藤を見たが、

「いいだろう。いずれ、城下のことは知っておかねばならぬのだ。お藤、待っていて

くれ」

音次郎はお藤を呼び捨てにして、背を向けた。

「旦那は話がわかっていいや」

三九郎が顔をにやつかせて追ってきた。小駄良川を少し上ったところに小橋があり、二人はそこを渡って城下に入った。

左兵衛という桶職人に会うのはあとにして、まずは城下を歩いてみた。山奥の城下町は、静かである。人通りも江戸に比べたら、月とすっぽんほど少ない。それでも町並みは整然としており、瀬音を立てる水路が張り巡らされている。

町は大まかに南北に走る通りで仕切られていた。町人地は西側にあり、北から職《しょく》人町《にんまち》、鍛冶屋町《かじやまち》、本町《ほんまち》となっていた。真ん中の通りが殿町《とのまち》で、ここには侍屋敷の他に下御殿や家老屋敷があった。城に近い東側の通りは柳町《やなぎまち》と呼ぶ武家地で、西向きの片側町となっている。また、その三本の通りを真ん中あたりで、東西に貫く通りを大《おお》手町《てまち》と呼び、東に進んでゆくと郡上八幡城の大門に至る。

城下は周囲の山々に囲まれた峡谷の底にあるといっていいだろう。

その城下はあくまでも静かであった。この地で何が起きているのか、音次郎にはつぶさに想像することができなかった。町を歩く女や子供と行き合うが、音次郎を気にする様子はない。おそらく青山家家中の者と思っているのかもしれない。荷物は洞泉寺に置いてきたので、非番の武士と見間違えられても不思議はなかった。

だが、御庭番の遣いとしての役目である。不用意に、青山家の武士との接触は避けなければならなかった。

御庭番は将軍の命を受けて、諸大名の動静を探ることを一番の旨とする。つまり、音次郎らは郡上藩の動静を探るのであるから、隠密行動を取らなければならなかった。

ぐるりとひと歩きした音次郎は、大手町から鍛冶屋町に入った。やはりこちらの通りが人は多い。畳屋、塗師屋《ぬしや》、仕立て着物屋、小間物屋《こまものや》などの他に煮売り屋に居酒屋もある。

通りにつらなる商家の暖簾《のれん》はゆるやかな風に揺れていた。透きとおった水を流す水路で、洗い物をしている女がいる。姉《あね》さん被りをした女が、横道から出てきて、また反対の道に消えてゆく。材木を担いだ職人、籠《かご》を背負った百姓、荷車を引く小僧もいる。

江戸の町角には、太鼓をたたく飴《あめ》売りや、売り声をあげる棒手振《ぼてふり》がいるが、この町でそんな声は聞かれないし、それらしき行商人の姿もなかった。

左兵衛という桶職人の家は、職人町にあった。蓮生寺《れんしょうじ》の近くだというからすぐにわかるはずだった。案の定、すぐに見つけることができた。

間口二間《けん》ほどの小さな家だった。戸口の横に、「桶　左兵衛」という手作りの看板が下げられていた。看板は雨風にさらされて、くすんだ色になっていた。隣はうだつをあげた立派な呉服屋だった。

左兵衛の家の前を素通りして、一度通りを眺めた。三九郎の姿をさっき、遠目に見たが、どこかに消えていた。表から左兵衛を訪ねるのを控え、音次郎は脇《わき》の路地に入った。家の裏には、青々とした柳がそよいでいた。

清らかな水音を聞きながら、裏の勝手口に立ったとき、その戸が勢いよくがらりと開いた。

「だ、旦那」

戸を開けたのは、三九郎だった。目を瞠《みは》ったその表情は尋常でなかった。

三

音次郎は、「なぜ、おまえがここに？」という疑問を呈する前に、

「どうした？」

と聞いていた。三九郎は背後を振り返り、死んでますとかすれた声で答えた。

「死んでいる……」

音次郎は家のなかに入って、目を凝らした。家のなかは暗い。雨戸も戸も閉められたままで、戸板の隙間や節穴から筋となった外光が入っているだけだ。

「そこです」

三九郎の指さすほうを見ると、板敷きの間に男が仰向《あおむ》けに倒れていた。音次郎はそのそばにしゃがみ込んだ。目は薄闇《うすやみ》に慣れていたが、はっきり顔を見ることはできない。

「明かりを……」

「へえ」

三九郎がすぐに蠟燭《ろうそく》に火を点《とも》して持ってきた。死体は四十半ばと思われる痩《や》せた男で、股引《ももひき》に腹掛け半纏《はんてん》という職人のなりだった。腹掛けは真っ赤に染まっており、腰のあたりにも血だまりがあった。

「殺されてから、一刻《とき》か二刻だろう……」

「どうして、そんなことが？」

「血を見ればわかる。それより、おまえなぜここに？」

音次郎は三九郎を振り返った。

「旦那が遅いんで、先に様子を見に来たんですよ。そしたら、この始末です」

「他に家人は？」

「いないようです」

音次郎はしばらく考えてから、家のなかをあらためてみた。そこでわかったのは、左兵衛が独り暮らしではないということだった。寝間には女物の着物が衣紋掛《えもんかけ》に掛かっていたし、蓋《ふた》の開いた行李《こうり》にも女物の着物が入っていた。台所の茶器を見ても、独り暮らしでないのは明らかだった。

「三九郎、長居は無用だ。出よう」

音次郎がそういったとき、表の戸口がゴトゴト音を立てて動いた。音次郎と三九郎が、はっとなって、そっちを見ると、

「あんた、どうしたんだい。……開けておくれよ」

という女の声がした。

「出るんだ」

音次郎はそういって、裏口から表に飛びだした。

「別れて戻ろう。おまえはそっちだ」

音次郎はそういって、三九郎に背を向けて裏通りを歩き、すぐ脇道に入って表通り

に出た。さっきより人の往来が増えていた。それに侍の姿が目立つようになっている。慈姑《くわい》頭をした医者に、連れだって歩く僧侶《そうりょ》の姿もあった。

職人町の外れに来たとき、先の道から七、八人の武士が現れた。羽織《はおり》袴《はかま》姿だが、その背後から槍《やり》を持った小者《こもの》たちの集団が現れた。なんとも物々しい雰囲気が漂っていた。浪人のなりをしている音次郎を不審に思ったのか、全員の視線が集まった。心の臓がビクンと跳ねたが、努めて冷静を装ってすれ違った。

「見ぬ顔だな」

すれ違ったあとで、そんな声が背後でした。音次郎はそのまま歩きつづけた。商家や武家屋敷の集中している城下は広くない。よそ者が来れば、目立つはずだ。これは滅多に歩きまわるわけにはいかないと思った。

洞泉寺に戻った音次郎は、左兵衛の家で殺しがあったことをお藤に伝えた。

「四十半ばの痩せた男だ」

「それじゃ左兵衛さんに間違いないでしょう。でも、どうして……」

お藤はすんだ瞳を遠くに投げた。

「地蔵坂ではおれたちのことが知られている節があった。そして、村垣さんに通じている左兵衛という男が殺された。……わかっているのはそれだけだ」

音次郎はそういって、三九郎が遅いことが気になった。

「それでどうしましょう？」

お藤が戸惑う目を向けてきた。

「村垣さんはどうなっているのだ？　この地に入っているのか、それともまだ来ていないのか？」

「それはわからないのです」

「わからない？」

音次郎は片眉《かたまゆ》を動かして、お藤をまじまじと見た。

「指図をしておいて、そのままというわけなのか。そんな馬鹿な指図があるか」

音次郎はにわかに怒りを覚え、声を荒らげた。

「一度この城下に入ったあと美濃《みの》の笠松《かさまつ》に戻ってから指図を受けただけです」

美濃笠松の陣屋は、天領を管理する代官所である。遠国御用《おんごくごよう》を務める御庭番は、御用に必要な御手許金が不足すると、しばしば目的地に近い代官所で必要経費を調達することができた。

「その後はなんの連絡も取っていないのか？」

お藤は小さくうなずき、そういうものなのですという。

「ですが、役目は務めなければなりません。いずれ、新たな指図も下るはずです」

「誰がどうやって、その指図をしてくるというのだ。連絡の者でもいると申すか」

「…………」

普段滅多に感情を表に出すことのない音次郎だが、このときばかりは違った。お藤も音次郎の険しい表情に臆《おく》したのか黙り込んでいる。

「そもそもこの役目がよくわからないのだ。青山家の動きを探るにしても、いったいどうやって探るというのだ。城下を見て、それから推量するだけでよいのか。無論そんなことでよいわけがなかろう。あの城のなかで、どんなことが行われているか、城代《じょうだい》や家老らがどんな策謀をめぐらしているか、それを探るのが役目であろう」

音次郎は東の山に聳《そび》える城を見ていった。

「いかにもそうです」

「そのためには、青山家の家臣に近づかなければならない。手を貸してくれる家臣がいなければならない。だが、そんな者はいない。それともこれから捜すというのか？　そういうことであれば、ずいぶん間抜けな話ではないか」

「佐久間さん、落ち着いてください。お気持ちはわかりますが、決してまやかしの役目ではありません」

「まやかしなどとは思っておらぬが、どうにも要領が悪いと思うのだ」

そういったとき、一方の道から駆けてくる三九郎の姿が見えた。

「旦那、旦那！　お藤！」

三九郎はずいぶん慌てた様子である。

「いかがした？」

駆け寄ってきた三九郎は両膝に手をついて、肩を喘《あえ》がせて顔をあげた。

「橋の向こうで騒ぎが起きてるんです」

「騒ぎ……」

「幟《のぼり》を立てて城下に入ろうとしている百姓らと、それを止めようとしている侍らが争っているんです」

「それはどこで？」

お藤が聞いた。

「吉田川に架かる橋の向こうだ。百姓らは穏やかじゃないぜ」

そういったとき、大きくどよめくような喚声が聞こえてきた。

言葉ははっきり聞き取れないが、わあわあという騒ぎ声が空にひびいていた。

「様子を見に行ってみよう」

音次郎は騒ぎの声につられるように歩きだした。

「おい、待ちな」

呼び止める声がしたのはそのときだった。

四

声をかけてきた男は、右の脇道から出てきた。

「これは……」

息を呑《の》んで目を瞠《みは》ったのは、三九郎だった。つづいて、お藤が「村垣さん」と低声《こごえ》を漏らした。御庭番・村垣重秀だったのである。

無精髭《ぶしょうひげ》に町人髷《まげ》、着物を端折り股引を穿《は》いていた。腰の刀を別にすれば、その辺の町人となんの変わりもなかった。

「佐久間音次郎というのはおまえのことか……。なるほど……」

村垣は顎《あご》をなでながら音次郎の前に立った。年のころは四十ぐらいだろう。片頬に笑みを浮かべているが、目は炯々《けいけい》と油断がない。

「おまえたちの到着を待っていたのだ。会えてよかった。立ち話もなんだ、ついてきてくれ」

村垣はそういって、先に歩きだした。音次郎はお藤と三九郎を見てから村垣のあとにしたがった。

「村垣の旦那、あの騒ぎはいったいなんなんです?」

三九郎が追いかけながら聞いた。

「あとで話す」

そういって村垣はどんどん歩く。吉田川沿いの道に出て、二町ほど行ったところを右に曲がり、段々畑を縫う畦道《あぜみち》を上って一軒の掘っ立て小屋に辿《たど》りついた。村垣は背後を振り返って、

「ここから見えるだろう」

と、吉田川の上流、東の方角を指さした。宮ヶ瀬橋の近くに三、四十の人がたかっているのが見えた。幟を立てたり、長い指物《さしもの》を掲げている。

「いったいなんの騒ぎです?」

音次郎は村垣を見た。

「まあ、その辺に座りな」

村垣はそういってから、近くの土手に腰をおろした。音次郎たちも思い思いの場所

に座った。

「百姓たちが一揆を起こそうとしているんだ。あれは小さな騒ぎにすぎぬだろう。だが、放っておけば、この領内の各村がこぞって蜂起《ほうき》するかもしれぬ」

「……何故？」

「御用御取次からのお指図は、幕府に対する青山家の機略があるかもしれない。つまり、昨年、病気を理由に若年寄を致仕《ちし》された青山大膳亮《だいぜんのすけ》さまが謀反を起こすのではないかという疑惑があったからだ。もし、そうであれば、事前に抑えなければならぬ、その動静を探ってこいというものだった」

吉蔵もそのようなことをいっていた。

「またこの領内が収拾のつかない事態に陥っているという噂《うわさ》もあった。しかし、来てみればそんなことはなかった。この国で内紛が起きているのではないかと探ってみたが、どうにもわからぬ。しかし、わかったことがひとつある」

全員、音次郎たちは村垣を見ていた。

「誰かが、百姓らをあおり立てているのだ。上保川上流の村のほとんどは一揆に傾いている。それに白鳥村は焼き討ちにあってもいる」

「なぜ、焼き討ちに……」

お藤だった。

「白鳥村の村役らは、一揆に反対をしたらしい。そのせいだろう」

「どういうことで百姓らはあおり立てられているのです？」

音次郎が聞いた。村垣は足許の草をちぎって、口にくわえた。

「……大膳亮さまの藩政に対する不満のようだ。一番の理由は、年貢が高いということだ。百姓や木こりたちの実入りは少ない。検地の役人の調べもいい加減で、袖の下を通す百姓には甘く、そうでない百姓には厳しい。つまり、正当な検地が行われていないということだ。それに、江戸表にいる藩主や江戸家老たちは、贅沢三昧《ぜいたくざんまい》の暮らしをしながら、多大な借金を抱えている。その弁済のために、百姓らは年貢をつり上げられている」

「それはいまにはじまったことではなく、昔からそうだったのでは……」

音次郎の推量だった。

「そうだ。百姓らは、貧しくても耐えていた。年貢徴収を待つように申し出たり、もっと安くするように藩や郡代《ぐんだい》に訴えも出しているが、聞いてもらってはいない」

「それじゃ不満が募るのはしかたないじゃありませんか」

三九郎が顎をさすりながらいう。

「不満は高まってはいたが、一揆を起こす勇気はなかった。ところが、ここ半月ほどで、村の様子が変わってきている。その表れがあれだ」

村垣は宮ヶ瀬橋のほうを見た。騒ぎは収まったらしく、百姓たちは散開していた。ただし、橋の北詰には侍の姿があった。音次郎は職人町ですれ違った侍たちのことを思いだした。おそらくあの一団なのだろう。

「青山家はそのことを知っているのでしょうか？」

お藤がきらきらした目を村垣に向けた。

「なんともいえぬ。だが、郡奉行《こおりぶぎょう》はいずれ動くはずだ」

領内の農民の管理、年貢の徴収、訴訟などを扱って、農村を支配するのが郡奉行である。

中堅層の藩士が役目につき、郷目付《ごうめつけ》、代官、手代《てだい》などをしたがえている。

「それでわたしどもの役目は？」

音次郎は村垣をまっすぐ見た。

「うむ、それだ。青山家家中のことはおおむねわかってきたが、まだはっきりとつかみきれない。公儀に対する謀反の意があるのかないのか、それを調べなければならぬ」

「それは家斉公に対する謀反ということでしょうか？」

「いや、おそらく違うであろう。松平越中守に対する意趣があると思われる。御用御取次から、そのようなことを含まれているのでな」

御庭番は将軍の命を受けるが、その申し渡しは御用御取次から受ける。復命しての報告も御用御取次にしなければならなかった。

「それじゃどうします？」

三九郎が聞いた。

「この小屋がおれたちの仮の棲家《すみか》だ。今夜はここで夜露をしのぐ。みんななかへ」

三羽の鴉《からす》が鳴きながら城下の空を西から東へ飛んでいった。

寺の鐘が暮れ六つ（午後六時）をひびかせた。西の山端に浮かぶ雲は、うっすらと色づいたままだが、城下に次第に闇が下りてきた。

「左兵衛が殺されたのは知っている。おまえたちに会う前におれの耳に入った」

三九郎が左兵衛のことを口にしたあとで、村垣はそっけなく応じた。

「そればかりではありませんよ。地蔵坂で何者かに襲われもしました。そのおりに、公儀の犬だといわれたのです。ねえ、佐久間さん」

と、お藤が音次郎を見て、村垣に顔を戻した。

「そやつらは？」

「斬りました。ですが、わたしらのことが漏れているはずです」

音次郎がいうと、村垣は渋い顔になって、舌打ちした。

「左兵衛が漏らしたのかもしれぬ。だからといって、どうすることもできぬ。日が暮れたら、一度町に下りる」

「みんなで行くのですか？」

お藤の問いかけに、村垣はひとり一人の顔を見て、

「佐久間、ついてこい。二人はここで待て」

と指図して、小屋を出ていった。音次郎がつづく。

「……この町は小さいが、防備がしっかりしている。それに旅の者が入れば目立つ。旅籠《はたご》らしき宿もない。代わりにあるのが庄屋宿だ。下に川が流れているな。吉田川というのだが、あの川の右の町屋をひっくるめて南町と呼ぶ。川の左を北町と呼ぶ」

村垣は指さしながらいった。

「昼間歩いてみました」

「そうか。番所が多いだろう。宮ヶ瀬橋の北詰には神路山《かんじやま》番所がある。あとであの番所を抜けて、南町に行く」

「番所は小駄良川を渡ったところにあるのを見ただけですが……」

「あれは枳殻《きこく》番所という。吉田川の東のほう、これより上流には桜町《さくらまち》番所というのがあり、殿町の北にも町口《まちぐち》番所がある」

「都合四つも」

「他にもあるので、気をつけなければならぬ。二人の番人が交替で詰めている」

それだけ警戒が厳重ということなのだろう。

「南町にはなにをしに……」

音次郎は村垣の横顔を見た。

「青山家家中の者に会う。手なずけた男がいるのだ」

五

口神路《くちかんじ》村の庄屋宅に居座っている片重半兵衛のもとに、ひとりの男がやってきた。五平次《ごへいじ》という男で、地蔵坂の見張りについていたひとりだった。

「なにがあった？」

半兵衛は五平次の顔色を見るなり、先に訊《たず》ねた。

「内田《うちだ》さんと丸岡《まるおか》さんが斬られました」

「なにッ」

半兵衛はまなじりを吊りあげて、詳しく話せとうながした。

「斬ったのは浪人のなりをした侍とその連れの男です。中間《ちゅうげん》か小者でしょう。そんなふうに見えました。それから女がついています」

「三人ということか……」

「そうです」

「すると地蔵坂の番所を抜けて、城下に入っているのだな」

「そうだと思います」

半兵衛は遠くを見る目になった。もし、公儀の役人ならば面倒なことになる。しかし、青山家家中の者かもしれない。

「内田と丸岡はなんといっておった」

半兵衛は五平次に顔を戻した。

「番人に聞いたところ、公儀の人間ではないかということでした」

「そうか……」

つぶやいた半兵衛は、干し柿《がき》みたいにしわの多い顔を、かすかにゆるめた。ひょっとすると、青山家家中の内偵かもしれない。御側用人が殺されているのであるから、国許で調べをするはずだ。

「中間らしい男と浪人ふうの侍、そして女の三人なのだな」

半兵衛は重ねてたしかめるようにいった。

「そうです。あっしは遠くで見張っていたので、顔ははっきりと見てませんが……」

「その三人を尾けなかったのか？」

「斬られた内田さんと丸岡さんを放っておくわけにはいかなかったので……」

「ふむ、他に変わったことは？」

「それだけです」

半兵衛はふっと、息を吐いて、五平次を下がらせた。

「藤次郎、これへ」

隣の間で休んでいた藤次郎がすぐにやってきた。

「四郎左衛門を呼んできてくれ」

「ははッ」

藤次郎はすぐに家を出ていった。炉端に残った半兵衛は、鉄瓶《てつびん》の噴く湯気を見つめた。

「これはゆっくりしておれぬ」

そうつぶやいて、扇子を片膝に打ちつけた。近くの田で鳴く蛙《かえる》の声が聞こえるだけで、いたって静かである。縁側の表には深い闇が立ち込めている。家のなかに吹き込む山風が少しずつ冷えていた。

小半刻《こはんとき》もせず四郎左衛門が三人の供を連れてやってきた。彼らは近くの百姓家を宿《やど》にしていた。

「叔父御、なにか急な用でも……」

四郎左衛門は炉の前に座ってから、鋭い双眸《そうぼう》を半兵衛に向けた。

「地蔵坂の見張りが斬られたそうだ。城下には御庭番が入っている節があるという。なにを調べているのかわからぬが、油断がならぬぞ」

「かまうことはないでしょう。こっちの支度はあらかた整っているのです。公儀御庭番であろうがなんだろうが、あとは一揆を起こすだけです」

「騒ぎが江戸に知らされれば、隣藩から援軍が来るかもしれぬ」

「その前に城下に入ってしまえばいいではありませんか。家老屋敷と侍屋敷を乗っ取れば、青山家の不始末として、非違《ひい》が問われるはずです。そうなれば、こっちの思う壺《つぼ》ではありませんか」

「うまくいけばよいが、江戸でなくとも美濃の笠松陣屋に急使が走ればどうなる。兵の数が増えれば、一揆を起こしたとしても、たちどころに蹴散《けち》らされるのがおちだ」

四郎左衛門の眉間《みけん》にしわが彫られた。

「援軍がやってくるのは、遅くとも三日と見たほうがいい」

「三日ですか……それでは早過ぎます。瀬取村から上の村は説き伏せてありますが、長良川下流の村はいまだ手をつけておりません」

「いえ、吉野と相生村の一部の百姓らはわたしらに呼応しています。その一部が今日、城下に入ろうとして、宮ヶ瀬橋の手前で追い返されています」

いったのは高田《たかだ》茂十郎《もじゅうろう》という男だった。四郎左衛門といっしょに入ってきた野武士だった。

「茂十郎、それは聞いていないぞ」

四郎左衛門が茂十郎を見た。

「話をしようとした矢先に、こちらに案内されたので話す暇がなかったのです」

「早まったことをしたのはどこの百姓らだ？」

「相生村の三十人ほどでしょうか」

「勇み足を踏みおって……」

四郎左衛門は舌打ちをして、苦虫を噛《か》みつぶした顔になった。

「まずいことになったな。早くも青山家の兵が出てくるかもしれぬ。四郎左衛門、おまえは上保川沿いの村を説き伏せたつもりでいるだろうが、なかには裏切り者もいるはずだ。一揆のことはすでに国家老の耳に入っているだろう」

「ならばいかがいたします？」

炉にくべられていた炭が、ぱちっと爆《は》ぜた。

その炭を見た半兵衛は、しばらく沈思に耽《ふけ》った。炎に照らされた老顔を、四郎左衛門は食い入るように見た。

「予定を早めるしかないであろう」

「早める……いつに？」

「先手を打つしかない。おまえは明日、上の村に行き、百姓らを集めて街道を下ってくるのだ」

「明日……」

「そうだ。ゆっくりしている場合ではない」

「ならば、これより白鳥まで戻り、集めることにします。一刻も急ぐことであれば、夜明けを待つことはないでしょう」

「うむ、それがよいだろう」

半兵衛が感心したようにうなずくと、四郎左衛門がさっと立ちあがった。

六

満天に星が散らばっていた。月は城を据えた八幡山の向こうにあるが、悲しいほど瘦せ細っていた。音次郎と村垣重秀は提灯《ちょうちん》も持たず、闇に慣れた目を頼りに洞泉寺の近くにある橋を渡り、町に入った。極力表通りを使わず、裏の小径を歩く。城下は防火を兼ねた用水路が縦横に流れていて、静かな音を立てている。

とある水屋の前で村垣が足を止めた。そこは「宗祇水《そうぎすい》」と呼ばれる水屋であった。

「ここで待っておれ」

村垣はそういって、表通りへ足を運んだ。

残された音次郎は音を立てる、水路に視線を向けた。静かな流れがほのかな明かりを映している。灯籠《とうろう》に点された蠟燭の明かりがあるのだ。

水路はところどころを、「セギ」という堰板《せきいた》で水位を上げ下げできるようになっている。少し広いところには、「カワド」という協同の洗い場が設けられていた。

表の様子を見ていた村垣が、音次郎を振り返って手招きをした。足音を殺して近づくと、

「妙だ」

と、村垣がいった。

「妙とは？」

「城下の家臣らの動きであるが、外出《そとで》をしている者が普段より少ないようだ」

「偶然では……」

「そうかもしれぬが、酒屋にも客がいない。まあ、よいだろう。そっちのほうが都合がいい。まいるぞ」

村垣は本町の通りに出て、宮ヶ瀬橋に向かった。しばらく行ったところに、神路山番所があった。二人の番人が詰めていたが、呼び止められはしなかった。

宮ヶ瀬橋を渡り、橋本町に入った。そのまま北へ両側町がつづいている。表戸はどこも閉まっているが、小さな店が結構ある。

「これから会う者を手なずけたと申されましたが、いったいどうやって……」

「金森家が改易になったのは聞いておろう」

「大まかなことは聞いています」

「取り潰《つぶ》された金森家の家臣のなかには、青山家に召し抱えられた者がいる。それがこれから会う男だ。召し抱えられたといっても、処遇がいいわけではない。禄《ろく》も高が知れている。それでも仕官できただけで、御《おん》の字だったのだろうが、出世を望める役格にはついていない。暮らしにも窮している」

「召し抱えてもらったはいいが、青山家に必ずしも忠心があるとはいえない、そういうことですか」

「察しがよいな。金をちらつかせれば、どうにでも転ぶ侍というわけだ」

「口は固いのでしょうね」

「密告すれば、自分の身も安泰ではない。黙っているはずだ」

村垣は横道に入った。近くで犬がさかんに吠《ほ》えていた。

「村垣さんは、わたしのことをどこまで知っているのです」

「なにもかもだ」

あっさりいう村垣に、音次郎はまいったと首を振った。

やがて、一軒の屋敷についた。五十坪ほどの敷地があるが、家の建坪はその半分もなかった。玄関に立ち、村垣が訪《おとな》いの声をかけると、少しの間があって戸が開かれた。白髪の髷を結った年寄りだった。二人の顔を用心深く見て、

「あなたでしたか」

そういって、家のなかにうながした。

老人の名は、伊東与三郎《いとうよさぶろう》という藩士だった。青山家に拾われて、ずっと番方をしているそうだが、そろそろ隠居の時期らしい。妻は三年前に死んだと、音次郎が聞かないうちに話した。二人の子があったらしいが、恵まれない父親の暮らしを見て嫌気がさしたらしく、国を出ていったという。

「下士の暮らしはとにもかくにもつらいだけですからな。茶でなくて酒のほうがよかったでしょうか」

伊東与三郎は、茶を出したあとでそういった。

「いや、これで結構。その後、どうです。調べは進んでおりますか？」

村垣は湯呑みを、ふうと吹いてから与三郎に訊ねた。

「それとなく、あれこれ聞いておりますが、まだはっきりとしたことはいえません。ただ、青山家が越中守様に翻意しているという節は、どうにもないと思われます。殿は単に病気で伏せられただけで、いずれこの国許にお帰りになるご予定だといいます」

「それはいつ？」

「さあ、それは……」

与三郎は枯れ木のように痩せた手で、煙管に刻《きざ》みを詰めて吹かした。ずいぶんゆっくりした所作である。家の調度はどれもこれも古びていた。畳もすり切れており、雨戸の建て付けも悪くなっていた。

「家中が分裂しているというのはどうです？」

「それもいましばらくお待ちを。いちどきにあれもこれも調べるのは難しいのです。なにせ、わたしのような下っ端の調べにはかぎりがあります」

「そこをなんとかするというのが約束ではないか」

村垣の声にはわずかながら苛立ちのひびきがあった。

「急《せ》かされても困ります。ただ、領内の村に不穏な動きがあります。郡奉行は明日、兵を出して村をあらためるようです」

「今日の昼間、百姓らが騒ぎを起こしていたが、そのことでしょう」

「それだけではありません。決起をうながしている者が、各村をまわっているらしいのです。どうも地侍らしいのですが……」

「地侍……」

「そういう話です。番方の者たちが集められて、明日の朝早く城を出て、越前街道を上ることになっています」

　城下から上保川沿いに北上する道を越前街道という。現在の、国道一五六号線とほぼ同じである。

「伊東さんは？」

「わたしは見てのとおりの老いぼれです。村の巡回に行くのはみな元気のいい若い者ばかりです」

「その地侍のことだが、同じ家中の者だということは考えられませんか」

「違うとはいえませんが、そうだともいえません。いずれ明日の夜か明後日にはわかることです。どうかそれまでお待ちを……」

「先の調べもそのときにわかるでしょうな」

　村垣はひと膝進めて、じっと与三郎の目を見た。

「そのように努めます」

「頼みましたぞ。伊東さんが頼りなのですから」

「わかっております」

　村垣は懐から心付けの金を出して、与三郎に渡した。〝媚薬《びやく》〟を渡された与三郎は、さも当然だという顔つきで、懐に収めた。

表に出たのはすぐだった。

「期する答えはなかったな」

村垣はため息を夜の闇に流し、金ほしさに焦《じ》らしているのかもしれぬとぼやいた。

「明日兵が出るといいましたね」

歩きだしてすぐに、音次郎がいった。

「そういっていたな。地侍が村をまわっているとも……。おれたちもひとつたしかめておくか……」

「藩兵を追うんですか？」

「うむ」

うなずいた村垣は、音次郎に顔を向けた。

「明日、おぬしとお藤で動きを見てくれ。先に街道を上って、待つのもいいだろう。決起をうながしているという地侍のことが気になる。だが、そっちはおぬしにまかせる。おれはあくまでも青山家の内情を探らねばならぬ。地侍のことがわかったら、例の小屋に戻ってきてくれ」

「……わかりました」

七

翌朝早く、段々畑のなかにある小屋を出た音次郎とお藤は、越前街道を北へ向かった。この道は郡上郡白鳥村を経て、檜峠《ひのき》を越えて越前国大野郡石徹白《いとしろ》に至る。

夜は白々と明けようとしているが、峡谷の上空には鉛色の雲が漂っていた。山々は白い朝霧に覆われ、周囲の田畑や森にも薄い霧が漂っている。街道は狭く、荒れていて、曲がりくねっている。街道の脇を流れる上保川は、大日ヶ岳を源流として、周囲の谷川の水を集めて水量を増し、急流となっている。いくつもの支流を集め、八幡城下で吉田川に合流すると長良川と名を変えて、肥沃《ひよく》な美濃平野に下ってゆく。

「村垣さんは、どうしてわたしと佐久間さんをこっちにまわしたのでしょうか？」

それまで口をつぐみ、黙々と歩いていたお藤が口を開いた。音次郎は山を這《は》い上ってゆく白い霧を見てから答えた。

「村垣さんは城下に探りを入れなければならない。女連れだと目立つし、三九郎は行商人にも見える。おれやお藤だと、城下にある番所の役人に目をつけられる恐れがある。村垣さんはそれを懸念したのだろう。いずれにしろ、役目に変わりはない」

「なるほど……。その役目ですが、佐久間さんはわたしや三九郎さんのような単なるお庭番の手先ではないのですよ。村垣さんは口にされないでしょうが、佐久間さんの働きを頼りにされているのです」

そういって音次郎を見るお藤は、脚絆に股引、短い着物を端折るというなりだ。それに髷を隠すように手拭《てぬぐ》いを被っているので、遠目には男にしか見えないだろう。

「あまり先に行ってもしようがない。この辺で待つことにしようか」

音次郎はふいに立ち止まって、背後を振り返った。街道に人の姿はない。周囲の田や畑もひっそりしている。田や畑といっても、それは山の斜面に作られた小さなものでしかない。それが山際から、川岸の崖《がけ》近くまで作られている。

鳥の声が山のなかからわきはじめていた。

「あそこの岩はどうでしょう」

お藤が右の山側を指ししめした。五十間ほど上にある雑木のなかに、大きな岩がせり出していた。上るのは大変そうだが、見張り場には適していそうだった。

二人は藪《やぶ》をかきわけて、斜面を上って岩のそばに辿《たど》りついた。雲の割れ目から何本もの光の筋が峡谷に射してきた。霧は晴れつつあり、もう山の上方にしか見られない。

その岩からは四、五町下の道と川を望むことができ、街道の上のほうへの見通しも利いた。お藤が出がけに作ったにぎり飯を、音次郎に渡した。

「静かでよいところだな」

にぎり飯をかじってから、音次郎は感慨深げにつぶやいた。

渓流の水音に、周囲の山で鳴く鳥の声が聞こえていた。鳥の姿は見えないが、その鳴き声はさまざまだった。短く甲高かったり、断続的だったりと。

「人はどうして仲良く暮らせないのでしょうね。人が多ければ多いほど、その分諍《いさか》いが増えるのはわかりますが、こんな淋《さび》しい山の村でも争いごとがあるとは……」

「……欲があるからだろう」

「欲……」

お藤がすんだ瞳を向けてきた。後《おく》れ毛が風に揺れていた。

「そうだと思う。だが、無欲になることはできない。……だから争うことになるのだろう」

「……そうかもしれませんね」

お藤は竹筒の水を飲んだ。白い首筋が音次郎の目にまぶしく映った。

二人はそのまま、刻の過ぎるのを静かに待った。雲が風に流され、周囲の山々が明るくなった。しかし、街道を往き来する人の姿はまったくない。

半刻が過ぎたとき、菰《こも》を担いだ百姓の姿を見た。それから二人連れの村の女が下の道を歩いて、どこかへ消えていった。

その道に一団の黒い影が現れたのは、さらに小半刻ほどたったときだった。岩にもたれていた音次郎は、お藤に膝をつつかれてそのことに気づいた。

「青山家の兵ですよ」

「うむ」

音次郎は鷹のような目を光らせた。指揮をとる侍は馬に乗っている。おそらく足軽《あしがる》頭《がしら》だろう。その背後に、二列になった足軽兵がつづいていた。

誰もが手《て》っ甲《こう》脚絆に陣笠《じんがさ》を被っている。槍や弓を持っている者もいれば、鉄砲を担いでいる者もいる。数は少ないが物々しい陣容だ。

蹄《ひづめ》の音と彼らの足音が近づいてきた。音次郎は正確な人数を数えた。足軽頭を入れて十八人であった。

一団の兵を見送ると、音次郎とお藤は街道に戻り、気取られないように一定の距離を保ち、あとを追った。

瀬取村を過ぎて、口神路村に入ったところで、村人の姿を見るようになった。それは崖の上の畑であったり、ところどころに建つ粗末な百姓家の前だった。

彼らは惚《ほう》けたように立って、街道を進む足軽兵を見送っていた。と、前方右手に檜の大木が見えてきた。林の切れ間に鳥居が見えるので、神社であろう。鬨《とき》の声が聞こえてきたのは、その直後だった。声は先の街道からわいていた。

やがて、筵旗《むしろばた》や竹槍を持った百姓の一団が現れた。帰れ、帰れと、彼らは足軽兵を罵《のの》った。足軽頭の馬が、声に驚いて嘶《いなな》き、前足を三尺ほどあげた。足軽頭は手綱をしぼって、器用に馬を鎮めると、大声を張った。

「騒ぎを起こすのは許されぬ！　蜂起をするつもりなら、力でもって抑える」

「帰れ帰れ！」

百姓らはやり返した。

「おまえたちは唆《そそのか》されているのだ。その者を差しだせ」

「そんな者いやしねえよ！　下っ端と話をしたって無駄だ。とっとと帰れ！」

そんなやり取りがしばらくつづいた。音次郎とお藤は脇の山道に入って、彼らに接近していった。百姓たちは不満を述べはじめていた。

「おれたちの村は綿三百匁《もんめ》、大豆だって六斗しか取れねえ。痩せた田圃《たんぼ》で育つ米は百石にもならねえんだ！　そのほとんどを藩は年貢で取り立てている」

「そうだ、そうだ」

「水を飲んで暮らせやしないんだ」

「おれの家は稗《ひえ》と粟《あわ》飯ばかりだ」

「その稗や粟だってろくに穫《と》れやしねえんだ！」

百姓らは口々に日頃《ひごろ》の鬱憤《うっぷん》を晴らすように声を張っていた。

足軽頭はまともに答えることができず、おとなしく帰って仕事に精をだせと繰り返すばかりだった。

「仕事したって、おまえたちの飯になるばかりだ。誰がおまえたちを食わせていると思ってるんだ。人のもんを横取りして威張り散らすんじゃねえ！」

音次郎とお藤はそんなやり取りを聞きながら、藪をかきわけて山道を進んだ。小さな滝があり、その崖の上に来て、眼下の騒ぎを眺めた。

足軽たちが槍を構えた。百姓たちが、どどっと下がった。だが、百姓たちを扇動する男が、下がるな下がるなと鼓舞すると、百姓たちは手にした竹槍や鎌や鍬《くわ》を構えて前進した。今度は足軽の鉄砲と弓が構えられた。

足軽頭が盾突くと容赦しないと、つばを飛ばしながら大声を張った。しかし、百姓たちは怯《ひる》まずに前進した。ついに一発の銃声が、峡谷にこだまし、ひとりの百姓が胸から血煙をあげて倒れた。それを合図に、足軽たちが百姓たちに襲いかかった。

百姓たちは必死の抵抗を試みたが、足軽たちの刀や槍にはかなわない。腹を突き刺されて倒れる者がいれば、胸を撫《な》で斬《ぎ》りにされる者がいた。犠牲が大きくなると、百姓たちはじりじりと下がるしかなかった。ついには散り散りとなって、逃げはじめたのだが、しつこく追いまわして背中に一太刀浴びせる足軽もいた。

お藤は殺戮《さつりく》の場を目の当たりにして、何度も顔をそむけていた。音次郎は口を真一文字に引き結んで、どうすべきか考えていた。

足軽たちが百姓たちを追い返したときだった。今度は別の集団が現れた。こっちは刀に槍を持った一団で、その出で立ちはまさに山賊であった。

……これが例の地侍か……。

音次郎は瞠目《どうもく》して、地侍の一団を見た。彼らは勇猛果敢だった。先頭の者が、足軽兵に斬り込むと、後続の者たちもつぎつぎと襲いかかっていった。バタバタと足軽たちが倒れ、徐々に退却をはじめた。それでも地侍たちは逃がすまいと追い打ちをかけた。

「退くな！　退くでないッ！」

足軽頭が大声を張ったが、配下の足軽たちはすでに劣勢であり、逃げまどうばかりだった。二人の足軽が血相を変えて、音次郎たちのいる滝の下へ逃げてきた。音次郎は足軽を助けようと思い、立ちあがって斜面を下りた。

「きゃっ」

短い悲鳴がしたのはすぐだった。振り返ると、お藤に襲いかかっている武士がいた。お藤はなんとか相手の攻撃をかわして反撃に出ていたが、男の腕は並ではないと知れた。音次郎は後戻りして、その間に分け入った。

男は熊のように大きく、無精髭のなかにある双眸を光らせて、疾風の勢いで撃ちかかってきた。ガチーン！　一撃を横に払った音次郎は、檜の大木を背にして、男と対《たい》峙《じ》した。

「おまえらの頭は誰だ？」

聞いたが、相手はなにも答えなかった。代わりに大太刀を振り下ろしてきた。背筋を凍らせる風切り音が、ビュンとうなり、木の枝葉を斬り払った。音次郎は刃の下をくぐって、男の脛《すね》を払い斬ろうとしたが、相手は軽い身のこなしでかわし、跳躍するなり、鋭い斬撃を送り込んできた。音次郎は刀の棟《むね》で受けようと足を踏ん張った。と、その片足が空を踏み、体が宙に浮いた。

刀を振り下ろそうとしていた男の顔が遠ざかり、音次郎は真っ逆さまに崖下に転落しているのだった。最後に誰かの悲鳴を聞いたが、意識が途切れた。

第五章　栗巣川《くりす》

一

「おい、吉報であるぞ」

そういって飛び込むようにして入ってきたのは、高山忠之助《たかやまただのすけ》だった。縁側で盃を傾けていた原口鉄心《はらぐちてっしん》と広田多一郎《ひろたたいちろう》が、忠之助を振り返った。

そこは青山久保町《あおやまくぼちょう》の裏にある、小さな家だった。四谷《よつや》で大きな小間物《こまもの》問屋を営む井《い》田屋新右衛門《だやしんえもん》の妾宅《しょうたく》なのだが、事情を話してしばらく借り受けているのだった。

井田屋新右衛門は、元は金森家家臣で、主君が改易《かいえき》となったとき、江戸勤番にあたっていたが、咎《とが》を受けることはなかった。それでも、家禄《かろく》を失うという予期せぬ事態に陥り困り果てたが、そのまま江戸に残り商売で身を起こした人物だった。それゆえに、原口鉄心らには理解を示したのだった。

「吉報とはなんだ？」

鉄心が太い眉《まゆ》を動かして聞いた。忠之助は這《は》うようにしてやってきて、

「大膳亮《だいぜんのすけ》が下屋敷に入ったのだ」

と気負い込んでいった。

「いつだ？」

「ついさっきだ」

「まことにまことなのだな。ちゃんとたしかめたのだな」

「おれの目は誤魔化せぬ。明日の朝は、下屋敷から登城するという」

鉄心は盃を丸盆に戻して、掌で口をぬぐった。

「来るときが来たな。もはや無駄な刻《とき》は過ごしておれぬ。そうそうに片づけて、江戸を去り国許に帰ろうではないか」

「そうだ。片重さんが仲間を集めて待っておられるはずだ。おれたちは手柄を土産に帰ろうではないか」

「待て。いまも鉄心と話していたのだが、片重さんの思いどおりにことが運ぶとは思えぬのだ」

「多一郎、貴様はまた同じことを蒸し返しやがる」

「こういったことはよくよく話したほうがいいといっているだろう」

鉄心は首を振って、やれやれとつぶやいた。この期に及んで、多一郎が尻尾《しっぽ》を巻くようなことを口にするので辟易《へきえき》しているところだった。

三人の親はいずれも、金森家の家臣であったが、主君が改易になったので、浮かばれぬ人生を送るしかなかった。金森家が安泰であるなら、彼らは立派な家臣として禄を受けられ、出世の道もあった。だが、現実は茨のような試練の道であったし、金森家のあと入封してきた青山家に対する、親の恨み辛みを聞かされて育ってもいた。

それは野に放たれる恰好で取り残された金森家家臣の取り立て方だった。青山家に仕官できても、それは外様の扱いであり、禄も格も最下級でしかなかった。仕官しなければ国許を離れるしかなかった。

三人はそんな処遇を受けた親のことを嘆いてもいたし、また世間への鬱憤《うっぷん》も募っていたので、片重半兵衛より持ちかけられたお家再興の話には、またとない好機だと即座に飛びついたのだった。

「いいか、よく聞け」

多一郎は膝《ひざ》を乗りだして、鉄心と忠之助に顔を近づけた。

「片重さんがいわれたように、金森家が青山家の陰謀によって改易という憂き目にあったとしても、その恨みを晴らしたところで金森家が元通りになるとは思えぬのだ」

「頼興《よりおき》さまを引き立てればよいのだ」

「お家が再興されたといっても、頼興さまは千五百俵取りの旗本に過ぎぬ。祖先が大名だったからといって、おいそれと元の領地に入り大名に復せるとは思えぬのだ」

「それはやってみなければわからぬだろ」

「そうだ。やってみなければわからぬ」

忠之助が口を添えて、多一郎を見た。鉄心はここまで多一郎が気乗りしないことをいうなら、仲間から外そうかと、頭の隅でちらりと考えた。しかし、忠之助と二人で、大膳亮を討つには心許なさを感じる。仲間はひとりでも多いほうがいい。かといって、賛同者は簡単に見つけられない。仲間につける金もないのである。

「多一郎、よく考えてくれ」

鉄心は膝を詰めて、多一郎を見つめた。

「お家再興がならずとも、親の敵《かたき》はなんとしても討たねばならぬ。そうではないか」

「…………」

多一郎は唇を噛《か》んでうつむいた。もともと気の強い男ではない。弱い者や困っている者を見ると、すぐ手を差しのべてやるやさしい男だった。

「どうあがいたところで、おれたちに仕官の口はない。せめて青山家への恨みを晴らすだけでも、先祖の供養になるというものではないか」

「そうだ。鉄心のいうとおりである。多一郎、ここまで来て弱気の虫を出すやつがあるか」

多一郎は忠之助の最後の言葉が気に入らなかったらしく、むっと頰《ほお》を赤らめた。

「弱気の虫など出しておらぬ」

「片重さんもいっておられたではないか。ことがうまく運べば、青山家は改易になる。そうなると、他の大名が郡上《ぐじょう》に入る。そのおりに、取り立ててもらえるかもしれぬのだ。召し抱えてもらえれば、もう冷や飯を食うだけの傘張り浪人ではなくなるのだぞ」

鉄心は根気よく説得した。

「それは、わかっているつもりだ」

「食うに食えない浪人をやっているより、ここはひとつ命を張って賭《か》けてみようではないか。おまえも、そう腹を決めていたではないか」

「そうだ。これは一生に一度あるかないかの勝負だ。この機を逃せば、おれたちは一生うだつのあがらない貧乏侍だ」

忠之助が言葉を添えて、腹を決めろと、多一郎の肩をたたいた。多一郎はしばらく黙り込んでいたが、ゆっくり顔をあげて、

「わかった。おまえたちのいうとおりかもしれぬ」

といって目に力を込め、言葉を足した。

「だが、注意を怠ってはならぬ。御側用人は見事討つことができたが、江戸家老と留守居役襲撃はしくじっている。大膳亮には供の数も多かろうし、警護も固いはずだ」

「それはよくわかっていることだ。とにかく、明日決行する。金打《きんちょう》だ」

鉄心の声で、三人は脇差《わきざ》しをつかみ取って、互いの刃を打ち合わせた。

翌朝、三人は、朝湯に入って身を清めたのち、青山久保町の家を出た。江戸の空はよく晴れ渡っており、あちこちの庭から鶯《うぐいす》の声がひびいていた。

梅窓院《ばいそういん》の前を過ぎ、青山五十人町《ごじゅうにんまち》を江戸城に向かって歩く。この通りはのちの青山通りである。通りの南には青山大膳亮の広大な中屋敷が広がっている。現在の青山墓地にあたる。通りの北側には、青山下野守《しもつけのかみ》屋敷がある。そのようなことから、現在の青山という地名がついたようだ。

三人は青山足軽町《あしがるまち》を抜けて、大膳亮中屋敷のそばに待機した。このあたりには少禄の武士や旗本の家があり、また小さいながらも町屋がある。日は高く昇っているが、朝五つ（午前八時）を過ぎたばかりだ。

しかし、登城する青山大膳亮は、登城時刻の五つ半（午前九時）に合わせて屋敷を出るはずだから、間もなく表門が開くはずだった。

三人はそれぞれに緊張の面持ちだった。御側用人を斬殺《ざんさつ》したときには余裕があったが、江戸家老暗殺に失敗してからは、妙な余裕など持てなくなっていた。しかも、これから暗殺する相手は、一国一城の大名である。普段のように勝手がいくわけがない。

「ぬかるな」

鉄心は自分にいい聞かせるように、仲間の顔を見てつぶやいた。商家の奉公人たちが、店の前を掃除したり、腰を折って客を迎えていた。魚屋の棒手振《ぼてふり》がやってきて、町の角に魚の入った盤台《ばんだい》をおろし、その上に俎《まないた》を渡して、包丁を置いた。そうやって商売の支度を終えた魚屋は、のんびり煙管《キセル》を吹かしはじめた。

鉄心らは小さな茶店の縁台に座って、茶を飲み、青山家中屋敷の表門に目を注ぎつづけていた。間もなくしてその門が、大きくハの字に開かれた。

「来るぞ」

鉄心がつぶやくと、忠之助と多一郎が縁台に置いていた刀をつかんだ。門番が深々と頭を下げると、供侍のひとりが表に現れ、つづいて前後に二十人の侍をしたがえた乗物駕籠《かご》が現れた。その後ろに挟箱《はさみばこ》持ちや草履取り、槍《やり》持ちがしたがっていた。

「よいな」

鉄心が短くいうと、忠之助と多一郎が目を合わせて小さくうなずいた。

「手はずどおりにやるだけだ」

自分を鼓舞するように忠之助が低い声を漏らした。三人は縁台から立ちあがると、行列に向かって歩いた。この場合、左に避けるのが礼儀だ。三人はそうした。

行列は粛々とした足取りで近づいてくる。

鉄心はひとつ息を吸って吐いた。顔を見られることになるが、暗殺を決行したらただちに江戸を離れ、そのまま郡上に足を向ける。追っ手は振りきれると踏んでいた。

行列が近づいたので、鉄心らは左に避けて、中屋敷の長塀を背にして頭を下げた。駕籠が近づいてくる。鉄心は右手をゆっくり刀の柄《つか》に持っていった。

忠之助と多一郎も、駕籠を守る供侍らに悟られないように刀の柄に手を添えた。駕籠が近づいてきた。鉄心は鯉口《こいぐち》を切った。

頭を下げたまま駕籠かきの足を見たとき、「いまだ」と小さく強くつぶやいた。同時に刀を鞘走《さやばし》らせ、一足飛びに駕籠に向かって走り、そのまま駕籠のなかに刀の切っ先を突き入れた。多一郎も忠之助もほぼ同時に駕籠に襲いかかった。

だが、手応えはなにもなかった。

「無礼者！」

「曲者《くせもの》だ！」

という声が重なったときには、三人は供侍たちに囲まれており、あっという間に背に太刀を浴びせられていた。悲鳴と血潮が明るい日射しのなかに迸《ほとばし》った。

「殺してはならぬ！」

という声が、鉄心の耳の遠くに聞こえた。鉄心は背中を斬られ、さらに肩から胸にかけて、袈裟《けさ》懸《が》けに斬られてもいた。体に力を入れることができず、眩暈《めまい》がした。意識が薄れると、目に映る景色もぼやけてきた。

仲間の多一郎と忠之助を見ようとしたが、もうその元気は残っていなかった。ただ、ぬくもった地面が頬にあたったのを、ほんの一瞬感じただけだった。

そのころ、青山大膳亮幸完《よしさだ》を乗せた駕籠は、屋敷の裏門を出たところだった。もちろん大膳亮は、表の騒ぎなど知らない。御側用人が殺され、江戸家老、さらには留守居役に身の危険が及んで以来、大膳亮は用心深くなっていた。囮《おとり》の駕籠を先に出し、自分は別の駕籠で裏から出るというのも、生来の用心深さであった。大膳亮は御簾《みす》を手で払い、晴れた空を見あげた。

「よい天気じゃ」

二

心地よい日なたの縁側に座した音次郎は、きぬに肩を揉《も》んでもらっていた。なんの話をするでもなく、ただおとなしくきぬに揉ませているだけであった。疲れがやわらぎ、眠気に襲われそうになったとき、庭に人が現れた。

それは倅《せがれ》の正太郎《しょうたろう》と手をつないでいる妻の園《その》だった。

「あなた、そこでなにをなさっているのですか」

園は咎め口調でいって、近づいてきた。音次郎はばつが悪くなり、慌てて肩を揉むきぬの手を払った。と、園が目の前に座り、にっこり微笑《ほほえ》んだ。顔がすうっと近づき、唇を押し当ててくる。こんなところで、はしたないことを……。心中でつぶやいた音次郎は、顔をそむけた。

「佐久間さん、佐久間さん」

その声で音次郎は目を覚ました。目の前に、お藤の顔があった。

「ああ、よかった。やっと気がつかれました」

お藤は心底安堵《あんど》した声を漏らして、音次郎の首筋と胸のあたりを手拭《てぬぐ》いでぬぐった。

「ずっとうなされていたのですよ。脂汗をじっとりかいて……。でも、助かってよかった。いったいどうなることやらと、心配でならなかったのです」

音次郎はしばらくぼんやりしていた。さっきのは夢だったのかと、ようやく気がついたのだ。それにしても死んだ妻と息子が夢に現れるのは、久しぶりのことだった。

「大丈夫ですか……」

お藤が上からのぞき込むように見てきた。その肩越しに見える木々の間に、青い空があった。木漏れ日が自分のまわりにこぼれている。

「ここは……」

「よくわかりませんが、賊に襲われた滝からずっと奥に入ったところです」

そういわれて、音次郎は自分が崖《がけ》から転落したことを思いだした。お藤は音次郎が滝壺《たきつぼ》に落ちたあと、必死に賊から逃げて音次郎を助けて、山中を彷徨《さまよ》ったといった。重い音次郎を背負ってのことだ。

「それはすまなかった。それで、足軽兵と百姓らはどうなったのだ？」

お藤はわからないと首を振ってから、

「あの賊に見つからないように逃げるのが精いっぱいでしたから、あとのことはよくわからないんです」

音次郎は起きようとしたが、体の節々が痛く、また腰に激痛を感じてうめいた。

「無理はしないことです」

「いつからここに？」

「丸一日がたっています」

「それじゃ、あの騒ぎを見たのは……」

「一昨日のことです」

音次郎は信じられなかった。その間、ずっと気を失ったように眠っていたのだ。

「お腹は空いていませんか？」

「そういわれると、空いているようだ」

「なにか食べ物を探してきます。動かないでください。ここは安全のようですから」

お藤はそういって、どこかへ消えていった。足音が聞こえなくなると、林のなかを吹き渡る風の音と、鳥の声が耳につくようになった。音次郎はもう一度半身を起こそうと試みた。我慢すれば起きられそうだが、腰の痛みが強くてあきらめた。気がつくと、自分は茣蓙《ござ》の上に寝かされているのだった。

どこでこんなものをと思った。とにかく、仰向けに寝転がったまま木漏れ日の筋を見つめた。延々と寝ていたはずなのに、また眠気に襲われ瞼《まぶた》が重くなった。眠ってはならないと思うが、体は睡眠をほしがっているようで、瞼は重くなるばかりだった。

それからどのぐらい経ってからだろうか、唇に冷たいものがあたった。うっすらと目を開けると、お藤の顔が間近にあった。その目は閉じられており、音次郎に口移しで水を飲ませているのだった。音次郎はゴクッと水を飲んで、顔をそむけた。

お藤がはっとなって、顔を離した。

「また、気を失われたのではないかと思ったんです」

「……いや。よい」

そういったあとで音次郎は、たったいま味わったお藤のやわらかい唇の感触を思いだした。すでに日は傾いているようで、森のなかは薄暗くなっていた。

「食べ物を……」

お藤はそういって、手に持っている薩摩芋《さつまいも》を差しだした。生であったが、食えないことはない。音次郎は、ゆっくり身を起こした。腰の痛みはずっと軽くなっていた。

半身を起こすと、お藤が言葉を継いだ。

「さっき、この近くに温泉を見つけました。そこで痛むところを癒《いや》したらどうでしょう」

「温泉……」

「谷川の水をすくおうとしたら、生温いんです。それで、少し上に行ってみると、岩場に囲まれた溜《た》まりがあったんです。ここからそう遠くありません」

「行ってみるか」

「歩けますか?」

お藤は心配したが、音次郎はどうにか立つこともできたし、歩くこともできた。ただ、体のあちこちに鈍い痛みがあった。おそらく滝壺に落ちたときに、体を打ったのだろう。腹を満たすのをあとにして、お藤のいう温泉に向かった。

林を抜けると、夕日に染められた山が目に飛び込んできて、鴉《からす》や山鳥の声がかしましく聞こえてきた。音次郎は乾いた小枝を集めながら歩いた。

やがて、岩場に囲まれた温泉についた。湯溜まりは浅いが、およそ二坪ほどの広さがあった。手を浸してみると、なるほど温かい。おそらく人肌ぐらいだろう。

その温泉の脇で、音次郎は火を焚《た》いた。その間に、お藤は魚を取ってくるといって森のなかに消えた。火を起こしたが、煙や炎が人目につかないように気を配った。峡谷の山は、夕日に照り映えていた。もうすぐ日が沈み、あたりは闇《やみ》に包まれるだろう。

小半刻《こはんとき》ほどして、お藤が鮎《あゆ》やヤマメを篠《しの》に刺して戻ってきた。その数、六匹。手づかみで取ったという。芋と魚で空腹を誤魔化すしかなかった。

それらを食べ終えたときには、すっかり日が落ち、峡谷に静かな闇が下り、山々に切り取られた空に星がまたたいた。

「湯に浸《つ》かったらいかがです」

お藤にいわれた音次郎は素直にしたがった。着衣を脱ぎ捨てて、足許に用心しながら湯に入った。風呂ほど熱くなく、水ほど冷たくないという温度だった。それでも、足を伸ばしてじっとしていると、体の芯からあたたまってくるのがわかった。

「佐久間さん、わたしも入ります」

お藤が平たい岩場に立って告げた。音次郎はどう返答すべきか迷ったが、すでにお藤は股引《ももひき》を脱ぎ、着物をはだけるところだった。するっと帯がほどけると、立ち昇る湯気の向こうにお藤の白い裸身がさらされた。見事な肢体だった。くびれた腰、隆起した胸、引き締まった足。それでいて凝脂にみなぎっていた。

お藤は乳房を右手で、股間《こかん》を左手で隠しながら湯のなかに入ってきた。

「いかがです？」

首筋にすくった湯をかけて、お藤が聞く。

「……いい湯だ。痛みもずいぶん薄らいだ気がする」

「それはよかったです。佐久間さんのことです。明日にはきっと治っていますよ」

「うむ」

湯煙の向こうから、お藤がじっと見つめてきた。

「……どうしたのだ？」

音次郎は間がもてなくなって聞いた。

「まさかこんなことになるとは思いもしないことでした。でも、佐久間さんには、おきぬさんがいるから……」

お藤はそういって、ざぶりと音を立て背中を見せた。なんとも艶《つや》っぽい背中とうなじだった。誰もいない山のなか。人目もなければ、邪魔をする者もいない。

音次郎はゆっくり身を動かして、岩場に手をかけると、そのまま湯からあがった。欲望をおさえるのには苦労すると、心中でぼやいた。

「あとで、下の様子を見に行きたい」

「もう暗いですよ。それに体のほうが……」

「もう大丈夫だ」

言葉どおり、もうすっかりよくなっていた。不思議なほど温泉が効いたのかもしれない。

お藤が湯からあがると、街道に向かうであろう山道を辿《たど》って、下へ下へと向かった。

途中、足場の悪い崖に出たり、深い藪《やぶ》に覆われた濃い闇のなかを通らなければならなかったが、小半刻ほどで星明かりに浮かぶ街道が見えてきた。

「やめてくれ!」

悲鳴が聞こえたのはそのときだった。

立ち止まった音次郎は、声のほうに探る目を向けた。

「やめろ!　ぎゃあー!」

今度は絶叫だった。

三

声のするほうへ急いで下りると、杉林の先に提灯《ちょうちん》の明かりが見えた。七、八人の男がひとりを追いかけまわして、棍棒《こんぼう》で殴りつけていた。

音次郎はお藤を振り返って、ここで待つようにいった。

「裏切り者は死んでもらうしかない。おまえらのせいで、留吉《とめきち》や作右衛門《さくえもん》が殺されてしまったんだ」

「おれはなにもしていない。誤解だ。密告なんてしていない。ほんとだ、頼む。助けてくれ」

逃げる男はそんなことをいいながら、また棍棒で殴られた。腰を肩を、足を。責める男たちは容赦しなかった。殴られる男は悲鳴をあげながら、助けてくれ、やめてくれと懇願するが、まわりの男たちに許す気はないようだ。

「他にも寝者がいるはずだ。友三郎《ともさぶろう》、おまえは知っているはずだ。いえ、いうんだ」

友三郎と呼ばれた男は、襟首をつかまれて、頬桁《ほおげた》を殴られ、後ろにのけぞった。地に転がると、這《は》うようにして逃げた。

「待ちやがれ！」

男たちが友三郎を追いかける。

音次郎は林を抜けると、友三郎の前に立って、男たちを遮った。

「やめないか」

音次郎に提灯がかざされた。

「誰だ、あんたは？」

「通りがかりの者だ」

「通りがかり……」

そういった男が仲間を振り返った。男たちはみな百姓だった。

「あやしいな」

百姓の頭らしき男はそういうなり、手にした棍棒で撃ちかかってきた。音次郎はさっと身を引いて、撃ち込まれた棍棒をつかみ取った。

「やめろ。どういうことだかわからぬが、よってたかっての弱い者いじめは見過ごせぬ」

「放せ」

音次郎は、男を突き飛ばした。と、左にいた男が鎌《かま》で斬《き》りかかってきた。音次郎は奪い取った棍棒で、その男の腹を打ちたたいた。

「うぐっ」

男は体を二つに折って、横に倒れた。それを見た仲間が、今度は一斉に音次郎に襲いかかってきた。棍棒を振りまわし、竹槍を突き出してくる。音次郎は器用に身をひねりながら、相手の棒や槍をつかみ、足払いをかけ、顎《あご》に拳をたたき込んだ。

三人を倒すと、他の百姓はかなわないと思ったらしく、そのまま逃げていった。

音次郎は倒れている友三郎を振り返った。提灯の明かりがなくなったので、顔はぼんやりとしか見えなかったが、体をぶるぶる震わせていた。

「大丈夫か？」

「へえ、もう大丈夫です。助けていただきありがとうございます。でも、定蔵《さだぞう》さんが……」

友三郎はそういってすすり泣いた。

「定蔵とは……」

「佐久間さん、ここに」

お藤が先の木立から声をかけてきた。

「どうした？」

「人が死んでます。定蔵という人では……」

そうなのかと、友三郎を振り返ると、しゃくりあげてそうだとうなずいた。

「やつらは狂ってる。なにも殺すことなんかないのに……」

「どうしてこんなことになったのだ」

「……一言ではいえません。ですが、ここにいるとやつらがまた仲間を連れてくるかもしれません」

友三郎は鼻をすすりながら立ちあがった。すっかり怯《おび》えきった様子だ。

「とにかく話を聞きたい。どこか安全な場所はないか」

「それじゃついてきてください」

友三郎はそういって、死んでいる定蔵のそばに行って、一度手を合わせた。

「可哀相に……なんで殺されなきゃならないんだ。定蔵さん、すまねえ、すまねえな」

友三郎は肩を震わせてすすり泣いた。

「とにかくどこかへ……」

お藤が声をかけると、友三郎は炭焼き小屋があるという。

「案内するんだ」

音次郎とお藤は友三郎について、再び山のなかにわけ入った。闇に覆われた山道は暗くて、足許がよく見えなかったが、友三郎はその道をよく知っているらしく、器用に上っていった。

小半刻ほどすると、湧《わ》き水のあるそばに小さな小屋と、炭焼き用の窯《かま》があった。小屋のなかに蠟燭《ろうそく》があったので、それを点《とも》して三人は地面に置かれた切り株に腰をおろした。友三郎は気弱な目をした小柄な男だった。

「お侍さんは、どうしてあんなところに?」

「旅の者で道に迷っていたのだ」

音次郎はあとのことを考えてそう答えた。

「それより、話を聞かせてくれ」

「百姓の味方だという野武士がやってきたんです。苦しい思いをするのは、国が悪いんだといいます。貧しい暮らしがいやなら、力を合わせて立ちあがるんだ。辛抱しているだけでは楽にならないのだ。おまえたちを助けてやるからと……」

「国のなにが悪いというのだ?」

問いかける音次郎に、友三郎は小心な動物のような目を向けた。

「お侍さんは、この国の方ではないんですね」

「そうだ。かまわぬから話せ」

「野武士たちは、藩の重臣らが腐った政治をやっているといいます。自分たちがいい思いをするだけで、百姓たちのことなどなにも考えていないと。お殿さまはたくさんの借金をこしらえているし、江戸で贅沢三昧《ぜいたくざんまい》をしているといいます。それにこの国の年貢は、他の国に比べると高すぎるらしいのです。もっと年貢は低くなければならないはずだし、凶作で穀物の収穫が少ないなら、年貢も見合わせることができるといいます。もちろん、誰も年貢を払えなくなったら国が困ることになりますが、村によっては豊かなところもあるし、銅山の収益も多いので、食うに食えない百姓から年貢を取るのはおかしいらしいのです」

「銅山……そんなものがあるのか?」

「吉田川の上流の村にあります。掘られるのは銅だけじゃありません。鉛や亜鉛もよく採れるといいます。実入りがいいらしくて、近場の村の連中はこぞってそんな山で働いているようです」

「その野武士たちはこの国の者か?」

「昔はそうだったらしいのですが、飛驒《ひだ》からやってきたと聞いています」

「飛驒から……」

「へえ、宝暦の騒動でそのときの殿さまはお家取り潰《つぶ》しになりました。その家臣だったらしいのです」

村垣に青山家のことを伝えている伊東与三郎が口にした地侍というのが、その野武士のようだ。

「……ふむ。それで人数は？」

「わしが見たのは五、六人ですが、他にもいるようです」

「でも、友三郎さん、どうしてあなたはあんなことに……」

お藤だった。

「一揆《いっき》に加わりたくないといっただけです。そうしたら仲間外れにされ、挙げ句藩に告げ口した裏切り者だといわれたんです。わしはそんなことはやっちゃおりません。一揆に加わるのが恐ろしいだけなんです」

「藩はどうやって一揆のことを知ったのだ？」

音次郎はそういって、お藤に火をくべるようにいった。夜が更けるにつれ冷え込みが強くなっていた。

「一揆に反対する百姓もいます。そのなかに、城下に走って知らせた者がいるらしいのです。その証拠に青山家の兵が出て来るという騒ぎがありました」

「それは二日前のことではないか」

「そうです。何人かの百姓が死んだといいます」

「足軽兵も死んでいる」

「えっ、ほんとですか？」

友三郎は目を瞠《みは》って驚いた。

「青山家は黙っていないはずだ。いずれ大人数を繰りだしてくるだろう」

音次郎は遠くの闇に視線を飛ばした。

四

片重半兵衛は口神路《くちかんじ》の庄屋宅から、北へ一里ほど上った徳永《とくなが》村八日《よう》町《か》に身を移していた。そこは百姓代・吉五郎《きちごろう》の家だった。百姓代は村民の不正に目を光らせる、村の監査役であった。その吉五郎は、半兵衛の考えにすっかり傾倒し、村のまとめ役として四郎左衛門の協力者となっていた。

「四郎左衛門さまが来ました」

座敷でくつろいでいた半兵衛に、藤次郎が告げて間もなく、四郎左衛門が入ってきた。半兵衛は苦渋の顔を向けて、あがってこいと命じ、煙管《キセル》に火をつけた。

「四郎左衛門、こうなったからには青山兵を迎え撃つしかない」

「もとよりそのつもりで百姓らを集めております」

「しかし、おまえたちが出て行ったのは落ち度であった」

「落ち度……」

四郎左衛門は眉を動かして、半兵衛を直視した。

「おまえたちが出ていったのはまずかったと申しておるのだ」

「しかし、放っておけば百姓らは助からなかったはずです。足軽らは鉄砲まで携えていたのですから」

「いいたいことはわかるが、あの一件で、青山家は兵の数を増やして抑えにやってくる。どの程度の人数で来るかわからぬが、犠牲が増える」

「それじゃどうしろと……」

「もう遅いわ」

半兵衛は煙管を、すぱっと吸いつけてから、雁首《がんくび》を煙草盆に打ちつけた。四郎左衛門は勇敢で、怜悧《れいり》ではあるが、まだ考えの甘いところがある。足軽らがやってきたとき、四郎左衛門らは出ていってはならなかった。百姓らが皆殺しになれば、他の百姓たちの怒りを買えたのである。そのことで、百姓たちの心をひとつにすることもできた。ところが、四郎左衛門は百姓たちを助け、足軽らを斬り殺してしまった。

半兵衛の算盤《そろばん》は狂ったのである。だが、それをいま責めても遅すぎる。

「叔父御《おじご》、なにを怒っているのです」

「大事な百姓たちが殺されたから、それが悔しいのだ」

半兵衛は心とは裏腹のことを口にした。本心を口にすれば、そばにいる吉五郎や他の百姓らに不審に思われるからだった。

とにかく目的を果たすためには、味方を欺いておく必要もある。しかし、それがいずれはみんなのためであるし、素直にしたがってくる四郎左衛門にとってもよいほうに転ぶはずなのだ。半兵衛は思慮を働かせるしかない。

「まことにもって……」

四郎左衛門も顔を曇らせて、もう一度つぶやき、言葉を継いだ。

「それで、百姓らのほうはどうだ？」

「はい、明日の朝には、名皿部《なさらべ》村に集結させます。人数は明日の朝にならなければわかりませんが、百人は下らないでしょう」

四郎左衛門はそういってから、どの村から一揆参加者を集めたかを細かく説明した。

それによると、口神路村から越前街道を北へ上るほとんどの村が、一揆に呼応していた。一番多いのが二十人の剣《つるぎ》村と十八人の長滝《ながたき》村だった。あとは、各村から十人前後が加わることになっていた。

「全員が揃《そろ》えば、何人になる勘定だ」

半兵衛は四郎左衛門の説明が終わってから訊《たず》ねた。

「おそらく三百人ほどでしょう」

「三百人……」

半兵衛は鸚鵡《おうむ》返しにつぶやいてから、思いの外集まったと感心した。三百人の群衆が騒げば、青山家もおおいに慌てるだろうし、他国にも、そして江戸にも騒ぎは知らされる。そうなれば、郡上藩の藩政が問われるのは必至だ。

半兵衛は藩主・青山大膳亮の慌てる様を頭に思い描いて、口辺に笑みを浮かべた。

「こうなったら徹底して青山兵に対抗し、城下まで押し返すのだ」だが、まずは兵を懐に呼び込まなければならぬ」

「懐に呼び込むとは？」

「ひと泡吹かせるのだ。兵を迎え撃ち、蜂起《ほうき》の者たちに自信を与えたい」

四郎左衛門はきらっと目を光らせて、半兵衛を見た。

「よいか、兵が明日の朝、城を出立するのはわかっている。数はわからぬが、おそらく先日の倍、多くても三倍程度だろう」

「すると五、六十人ぐらいでしょうか」

「おそらくな。まずは……」

半兵衛はそういってから、傍《かたわ》らに置いていた地図を広げた。四郎左衛門を待つ間、自分で描いたものだった。

「敵兵は徳永村に引き入れたい。全員が入ったところで、栗巣《くりす》川に架かる橋を壊す」

「橋を……」

「そうだ。そうすれば、敵兵は容易には退却できない。我々は大間見《おおまみ》川で彼らを待ち受けて押し返す」

「なるほど……」

四郎左衛門は半兵衛の指ししめす地図を見ながら、深くうなずいた。

栗巣川に架かる土橋と、大間見川に架かる大野口《おおのぐち》橋まで、およそ十町である。半兵衛はそのなかに青山兵を閉じ込める計画だった。

「街道の西は川だ。東側には田や畑もあるが、小高い丘や崖もある。その崖道に仕掛けを作りたい」

半兵衛は多賀《たが》神社に入る手前にある切り通しの崖を煙管で指ししめした。

「仕掛けとは……」

「大きな石を雨霰《あめあられ》のごとく落とすのだ。これで半分の兵は四散するだろう。さらに大野口橋まで迫ってきた敵には、竹槍を持った百姓の一団に攻撃させる。弓隊を作り、横から追い打ちをかけ、川に押しやる」

「叔父御、これは戦《いくさ》でございますな」

「こうなったからには、そのつもりで取りかからなければならぬ。さらに、兵が退却して橋を渡れないことに気づいて慌てる。そこへ、別の一団に襲わせる」

「すると、栗巣川の土橋と途中の切り通しに、前もって百姓たちをひそませておかなければなりませんが、人数はどういたしましょう」

「土橋に三十人、崖上に三十人ではどうだ」

「わかりました。帰ったら早速手配いたしましょう」

「藩の兵がこの村に到着するのは、早くても明日の朝五つ（午前八時）ごろだろう。それより前に、百姓たちをそれぞれの位置に手配りしておきたい」

「わかりました。して、叔父御はどこにおられます？」

「これより大野口に移ろう。明日は百姓たちを励ましてやりたい」

「そうしていただければ、さいわいです。百姓らは叔父御に会いたがっております」

「うむ、帰ったらおまえは、配下の者たちに役割を与えて、いまの話を遺漏《いろう》なきように伝えるのだ」

「心得ましてございます」

「よし、行け」

半兵衛の指図を受けた四郎左衛門は、すっくと立ちあがった。

五

峡谷の底をうねりながら流れる上保川は、いつもと変わらぬ清流を湛《たた》えていた。川のなかにある岩を縫う流れは速く、遠目に見れば白絹のようであった。しかし、急な流れのなかにも青々とした溜まりがあり、周囲の景色を映していた。峡谷の空は、鼠《ねずみ》色の雲に覆われている。

音次郎とお藤は、友三郎の案内で炭焼き小屋から街道に下りているところだった。朝を迎えた鳥たちが、楽しそうにさえずっている。

がさっと、一方の藪でなにかものの動く気配があった。音次郎はとっさに身を低め、お藤と友三郎に注意を促した。

「……鹿です」

友三郎がそういって立ちあがった。林の奥に二頭の鹿が現れた。音次郎はふっと、息を吐いた。

「鹿や猪は百姓の天敵です。せっかく育てた芋や豆を食い荒らしますが、国は猟を許してくれません。わしら百姓をいじめるのは、人間だけじゃないんです」

友三郎はそんなことをぼやいて、こっちですと案内をした。薄い霧が出ていたが、そう濃くはない。白くて薄い膜のような霧は、風に押されてゆるやかに動いている。

街道の見える段々畑まで来た。道には人の姿はない。どこかで甲高く鳴く鶏の声が、峡谷にこだましていた。

「おまえの家を見に行ったほうがいいのではないか」

音次郎は友三郎の気弱そうな顔を見た。

「いいや、どうせ行ったって誰もいやしませんし、立者《たてもの》が待ち伏せしてるかもしれません」

「家族はどうなったの？」

お藤が聞いた。

「城下に逃げました」

「話を聞いていると、野武士たちはあなたたちの味方のような気がするんですけど、違うのですか?」

「わしは百姓代から聞いたんです。あの野武士たちは信用がおけない。わしら百姓を使ってなにか悪さを考えているんだと……」

「悪さ……」

「わしもそんな気がするんです。わしら百姓にとって都合のいいことばかりいわれると、裏になにかあるんじゃないかと思わずにはいられないんです」

昨夜、友三郎は百姓同士が反目しあっているといった。一揆に加担しなければ、裏切り者の寝者扱いされ、制裁がくわえられているという。友三郎もその犠牲になりかけたひとりだった。

「お侍さんはどうされるのです?」

音次郎は周囲の山をひと眺めしてから答えた。

「国はこのまま引っ込んではいないはずだ。兵を増やして一揆を抑えに来るはずだ。それをたしかめたい」

「……いったいなんのために」

友三郎は目をしばたたいた。

「おれは物好きだからな」

音次郎はそう嘯《うそぶ》いてから、にやっと笑ってみせた。

「しかし、気をつけてください。巻き添えを食ったら大変です」

「心配には及ばぬ。それよりおまえはどうするのだ？」

「山道を辿って城下に行きます。村にいるとどうなるかわかりませんから……」

「そうか、気をつけて行くんだ」

「へえ、それじゃお侍さん、お藤さんありがとうございます。助けてもらったことは、一生忘れません。どうかご無事で……」

友三郎は何度も頭を下げて、細い山道の奥に消えていった。

「佐久間さん、それでどうします？」

友三郎を見送ったお藤が顔を向けてきた。

「うむ」

音次郎はそばの石に腰をおろして、無精髭《ぶしょうひげ》の生えた顎《あご》をなでた。

「……友三郎の話が引っかかる。それに、おまえさんは藩乗っ取りが画策されていると申したことがあるな」

「ええ、青山家家中がごたついているといいますから……」

「藩乗っ取りというのは、つまるところ青山大膳亮を大名から引きずり下ろすということであろう。だが、代わる者がいなければならない。それは誰だ？　まさか、家臣が大名になるなどということは考えられない。世継ぎができるのはかぎられているはずだ」

「すると、世嗣《せいし》の幸孝《よしたか》さま……ですが、まだ政《まつりごと》のできるような年ではないはずです」

幸孝は青山大膳亮幸完の長男で紛れもない世嗣であるが、齢《よわい》十五であった。

「大名に年など関係ない。幼くして将軍になった例もある。青山家家中が揉めているとすれば、藩重臣の奸計《かんけい》なのかもしれぬ」

「それじゃ、裏で百姓をあおっているのは、藩の重臣だと……」

「それはわからぬが、いずれにしろ百姓らを一揆に導いている野武士のことを調べるしかないだろう」

音次郎は立ちあがって、山道を下った。

「どこへ行くんです？」

「野武士を捜すのだ」

六

「雨になるかもしれぬな」

半兵衛は鈍色《にびいろ》の空を見あげてつぶやいた。

「山の天気は気まぐれですから」

四郎左衛門が半兵衛のそばについて歩く。そこは大間見川に架かる大野口橋を渡って、ほどないところにある馬医師の家だったが、家人は騒ぎを恐れ、村奥に退避していた。

橋のそばには越前街道を下ってきた百姓たちが、徐々に集まりだしていた。

「指図は遺漏ないな」

「ぬかりなくやっております。崖の上には高田茂十郎を、栗巣川の土橋には横尾新《よこおしん》右衛門《えもん》を配り、指揮を取らせます」

「敵の数はわからぬが、遠慮なくやるのだ。決して躊躇《ためら》いを見せてはならぬ」

「ひとつ気になることがあります」

「なんだ?」

半兵衛は茱萸《ぐみ》の木のそばに立って、実のついていない枝を手折った。

「先日、青山兵とぶつかったおり、女連れの見知らぬ浪人が山のなかにいたというのです」

半兵衛は四郎左衛門を振り返った。

「横尾新右衛門が撃ちかかったところ、足を滑らせて滝壺に落ちたらしいですが……」

「女のほうはどうした？」

「逃げられたと申しております」

半兵衛は空を舞う鳶《とび》を見あげた。

「地蔵坂で見張りを斬った者かもしれぬな。しかし、いったい何者だ。やはり御庭番なのか……」

半兵衛は独り言のようにつぶやいたが、そのことは頭の隅に追いやることにした。それより気になるのが、宮ヶ瀬橋のそばで自分に斬りかかってきた男のことだ。

――おぬしは落人に過ぎぬ。

あの男はそのようなことを口にした。つまり、半兵衛が城下に入ってくるのを前もって知っていたということに他ならない。しかし、どうやって知ったのだろうか？

半兵衛は首をひねるだけであった。

「片重さま、片重さま、江戸から知らせが来ました」

藤次郎が一方の道から小走りに駆けてきて、一通の書状を半兵衛に渡した。それは小池覚三郎からの手紙だった。

半兵衛は手紙を読み進むうちに、歯痒《はがゆ》さを顔ににじませ、奥歯を噛んだ。江戸で刺客として手なずけた郡上藩の浪人が捕縛され、また斬殺《ざんさつ》されたのだった。

それは、高山忠之助、原口鉄心、広田多一郎の三人だった。三人は御側用人暗殺には成功したが、留守居役と江戸家老、そして藩主である大膳亮の暗殺に失敗していた。藩主襲撃のおりには、原口鉄心がその場で斬られ、高山忠之助は重傷を負い、半日後に死亡したという。捕縛されたのは広田多一郎で、計画を吐露《とろ》した疑いが濃厚だと書かれていた。さらに、半兵衛の動きがその前に国許に伝えられ、藩目付が目を光らせているとも添え足してある。

「いかがされました?」

手紙をくしゃくしゃに丸めた半兵衛に、四郎左衛門が怪訝《けげん》そうな顔を向けた。

「わしらのことが青山家に知られているようだ。いや、おまえたちのことではない。わしひとりのことであろうが……」

低声《こごえ》で吐き捨てるようにつぶやく半兵衛は、小さく舌打ちした。城下に入って、何者かに襲われそうになったことがあったが、その正体がいま初めてわかった。あれは自分が国許に帰ることを前もって知らされた藩の目付だったのだ。だから落人などといったのだろう。しかし、どこでどうやって自分のことが漏れたのか、不明だった。

もっとも半兵衛は江戸において、幾人かの元金森家の人間に会っている。自分の計画が漏れたとすれば、そのなかに密告者がいるはずだが、もはやそのことをとやかく悩んでも、なにも解決しない。

「四郎左衛門、やってくる敵兵を打ち砕き、城下に進むのだ。騒ぎが大きくなればなるほど、国は狼狽《うろた》えるだろうし、代官所でもことの大きさを重視するだろうし、幕閣は大膳亮を審問するはずだ。青山家を失脚させるには、なんとしてでもやってくるであろう敵兵に痛手を与えてやらねばならぬ」

当初の予定を変更した半兵衛は、強攻策やむなしと考えていた。

「叔父御の考えはよくわかりましてございます。金森家再興につながるのであれば、命を賭《と》して戦いまする」

「頼もしきことだ」

「杉本さま、杉本さま」

庭に駆け込んできた百姓がいた。城下から各村に放っている見張り役の伝令だった。

「藩の足軽兵が城を出立いたしました。おそらく一刻ほどで、口神路村に入るでしょう」

「数は？」

「へえ、六十人ほどだといいます」

「六十人……」

四郎左衛門があきれたような顔を、半兵衛に向けた。

「国はわしらを侮《あなど》っているな。だが、よい。六十人だったらわけないことだ。こうなったらひとりとして生きて帰すことはない。そのつもりで戦うのだ」

半兵衛は語気強くいってから、

「百姓たちを見にまいろう」

といって、庭を出た。

大野口橋そばには、一揆に参加する百姓たちが集結していた。四郎左衛門が口にした三百人には満たなかったが、その数は百五十人になろうとしていた。その集まりに、半兵衛も四郎左衛門も頬をゆるめた。竹槍を持っている者がほとんどだが、なかには火縄銃を手にしている者もいたし、斧《おの》や鉈《なた》、あるいは手製の槍を持っている者もいた。

みんな野良着姿だが、黒く日焼けした顔にある目には闘争心が見られた。

「静まれ！　静まれッ」

四郎左衛門が百姓たちに声をかけると、無駄話をしていた群衆が口を閉じた。

「片重半兵衛さまがおまえたちに話をされる。よくよく耳を傾けるのだ」

四郎左衛門はそういったあとで、「叔父御」と、少し高くなった土手に半兵衛をうながした。半兵衛は土手の上に立って、ゆっくり百姓たちを眺めた。ここで士気をあおっておかなければ、これからの戦闘に支障を来す。そのために、しばらく言葉を探した。

「おまえたちはなぜ、立ちあがるのか、そのことをよく考えるのだ」

半兵衛の声が静かな峡谷にひびいた。

「立ちあがるのは、自分のためだけではない。自分の子供や女房、あるいは年老いた者たちの暮らしをよくするためだ。おまえたちはこの厳しい地で、長年耐えに耐え抜いてきた。おまえたちの祖先もそうだ。だが、いつまでもそうであってはならない。そうではないか」

そうだ、そうだという声が返ってきた。

「青山家は苦しい暮らしを強いられる民百姓から、厳しい年貢を取り立てている。心ある主君であれば、苦しい村には御救米《おすくいまい》を出すか、年貢を見送るはずだ。だが、青山家はなにをした？　なにもしていないであろう」

「やつらはおれたちからむしり取るだけだ」

誰かが大声をあげた。

「そうだ、国はなにも考えていないのだ」

「その代わりになにをしている？　川普請や道普請を押しつけているであろう」

「わしらの村はそれで困っているんです」

剣村の百姓が声を返せば、他の村の者もおれの村もそうだといった。

「それぱかりではない。村入用の金を、貸し渡して、ますますおまえたちの暮らしをきつくしているのではないか」

「そうです。そのツケを年貢で払わされているんです。年貢を払えねえと、畑を取りあげられて、水呑《みずのみ》にされちまうんです。水呑や小作は生きていくのがやっとなんです」

大間見村の百姓は泣きそうな顔で訴えた。

「この地はあまり米が穫れない。代わりに芋や大根、粟《あわ》、稗《ひえ》といったものを米の代わりに年貢として納めているが、米のない百姓の家からそれらの作物を出せば、食うものがなくなるのではないか」

「いわれるとおりです。きつい暮らしはもう懲《こ》り懲《ご》りだ。凶作のときだって検地どおりに納めなきゃならないんです。国の役人は収穫がないことを知っていても、頭ごなしに取り立てるんです。慈悲もなにもありゃしないんです。おれらの村には木がいっぱいあるから、それを伐《き》って金に換えようとしても、役人がその木は伐るな、伐るのは何本までと決めつけるんで、二進《にっち》も三進《さっち》もゆきません」

落部《おちべ》村から来た百姓は、銃を振りあげて喚くようにいった。

「そうであろう。そのことはよくわかっている。国だって知っているのだ。しかし、その国の重臣らはなにをやっていると思うか？」

半兵衛は土手上から百姓らを睥睨《へいげい》した。集まっている百姓たちは、半兵衛のつぎの言葉を待つように黙り込んだ。

「贅沢三昧の暮らしである。白い飯をたらふく食い、魚や肉も食す、湯水のように金を使って酒宴を張り、女たちを侍《はべ》らして遊んでいるのだ。おまえたちが汗水垂らして、食うものも食わずに働いているというのに、そのありさまなのだ。あげく、藩主は己の出世のために莫大《ばくだい》な借金まで作っている。その借金返済のために、おまえたちから年貢をしぼり取っているのだ。これを黙って見過ごすことはない。暮らしをよくするためには断固、訴えて、申し出を聞き入れてもらわなければならぬ。そうではないか」

そうだ、そうだという声が、大合唱となり周囲の山々にこだました。

「邪魔をするやつには容赦はいらぬ。おまえたちの望みを叶《かな》えるために、なんとしてでも城下に入って、訴えを起こすのだ！　黙って堪え忍ぶだけではなにもはじまらない、なにもいいことはないのだ！」

「そうだ、我慢もここまでだ！　おとなしくしていることなんかないんだ。みんなやろうじゃないか！」

徳永村の百姓代が檄《げき》を飛ばすと、百姓らが、「おおっ！」と、大きく呼応した。

そのとき、ぽつんと雨の粒が半兵衛の頬にあたった。ついに空が泣きだしたのだ。

「あまり暇はない。それぞれ指図にしたがって動くのだ」

半兵衛は最後に一言いって、土手を下りた。

七

音次郎とお藤は越前街道に下りて、口神路村までやってきたが、蜂起する百姓たちの姿はどこにもなかった。それに雨が降りはじめ、周囲の景色が烟《けむ》りはじめた。

「百姓たちが城下に向かった様子はないな」

「上の村にいるのではないでしょうか」

お藤が街道を振り返っていった。

「そうかもしれぬ。しかし、この雨だ。一揆を見合わせたのかもしれぬ」

「どこかで雨宿りを……」

お藤はそういいながら周囲を見まわして、言葉を継いだ。

「少し戻ったところに神社がありました」

「よし、そこに行こう」

二人は来た道を引き返した。雨は徐々に強くなっていた。街道脇を流れる上保川の水量も増し、少し濁りはじめていた。

五町ばかり街道を戻った右手に神社があり、二人は本堂の庇《ひさし》の下で雨宿りをした。狭い境内は何本もの檜《ひのき》に囲まれていて、薄暗かった。

「村垣さんや三九郎さんはどうしてるんでしょう?」

音次郎が気になっていたことを、お藤が先に口にした。

「城下で調べをやっているだろうが、こっちの村の騒ぎも少なからず耳にしているはずだ。一揆に加わらない百姓が城下に走っているというからな」

音次郎は濡《ぬ》れた手足をぬぐった手拭いを絞った。

「百姓たちの動きを見たら、一度城下に戻って村垣さんに会ってくれないか」

「佐久間さんは？」

「おれは残って、もう少し探ってみようと思う。友三郎のいった野武士たちのことが気になる。本当に百姓を助けようと思っているのかどうか、それを見極めたい」

お藤はしばらく考える目をしてから、わかりましたと答えた。

神社は森閑としているが、木立のなかで鴉がさかんに鳴いていた。雨は強く降りつづけ、境内の広場に水溜まりを作っていた。

足音が聞こえてきたのは、それから小半刻ほどたったときだった。雨はさっきより小降りになっており、足音は徐々に大きくなった。それは大勢の足音で、馬の蹄《ひづめ》の音も混じった。音次郎は息を殺して、耳をすました。

「藩の足軽兵ではないだろうか……」

「百姓たちかも……」

二人は同時に階段から腰をあげて、街道の見える場所に移った。木立の向こうに、足軽の一団が見えた。先日と同じような陣容だが、数が多い。五、六十人はいるようだ。

「どうします?」

お藤が音次郎を見た。

「あとを追ってみよう」

青山兵の一団が通り過ぎると、二人は距離を取ってあとを追った。

雨は強くなったり弱くなったりを繰り返している。峡谷のあちこちの山に霧が昇り、景色は雨に烟っていた。上保川はさらに水量を増して、流木が浮かんだり沈んだりして波に揉まれている。

青山兵は河辺《かべ》村を過ぎ、栗巣川を渡って徳永《とくなが》村に入った。周囲に変わった様子はない。音次郎は目を皿のように光らせていたが、雨が降りつづいているだけで、人の姿は見えなかった。みんな家のなかに引っ込んでいるのかもしれない。

隊列を組んで歩く足軽兵の陣笠《じんがさ》が、雨を弾きながら黒く光っている。音次郎とお藤は途中の家で、菅笠《すげがさ》と雨傘を調達していた。髪をすっかり隠しているお藤は、男にしか見えないだろう。

栗巣川の土橋を渡ってしばらくしたとき、音次郎は木立のなかで動く影をいくつか見た。青山兵は気づく様子はなかったが、音次郎は警戒を強めた。曲がり道の先で兵

の姿が見えなくなったとき、

「佐久間さん」

と、お藤が背後を振り返った。十人ほどの百姓が道に現れたのだ。百姓たちは手にした鍬《くわ》で、土橋を壊しにかかった。

「退路を塞《ふさ》ぐ腹か……」

音次郎がつぶやきを漏らしたときだった。横の木立のなかから、黒い影が猪《いのしし》のような勢いで飛びだしてきたのだ。音次郎がさっと身構えたとき、その影は白刃《ひらめ》を閃かせて撃ちかかってきた。

刀の棟《むね》で相手の一撃をかわした音次郎は、間合いを取るために下がって青眼に構えた。

「おぬしら、妙なやつらだな。この前もおれたちの前に現れて、また再び今日も」

野太い声を発するのは、先日滝壺の上で出会った野武士だった。これは四郎左衛門の仲間で、横尾新右衛門という男だった。土橋を崩す百姓たちの指揮を取る男だ。

「てっきり死んだと思っていたが、生きていたとは……」

「おぬしらはいったい何者だ？」

音次郎の後ろにお藤がまわり込んできた。だが、その手には抜き身の刀が握られている。

「それを聞くのはおれのほうだ。おぬしら青山家の密偵か？」

「青山家とは関わりなどない」

新右衛門の太い眉が、ぐいと持ちあがった。雨がその顔をたたきつづけている。総《そう》髪《はつ》に結った髪は黒々と濡れ、形が崩れていた。

「関わりのない者が、どうして青山兵のあとからやってくる」

「それはこっちの勝手だ。飛騨からやってきた野武士の一団というのはおまえたちのことらしいが、元は金森家の家臣であろう」

「なぜ、そのことを……」

新右衛門は一歩踏みだすと、半身を開いて脇構えになった。

「耳にしたまでだ」

「このまま黙って通すわけにはいかぬな、曲者《くせもの》」

剣気を募らせた新右衛門の目が、赤く燃え立つように光った。

「お藤、離れていろ。こやつ、本気で斬る気だ」

音次郎は右にまわりこんで、新右衛門の間合いを外した。だが、すぐに間合いを詰めてくる。六尺近い大男なので、二階から見られているような錯覚を起こすが、音次郎に焦りはなかった。すっと息を吐き、自分の間合いを見極めて、新右衛門を誘った。

「とおッ！」

気合もろとも、袈裟懸《けさが》けに刀が振り切られた。白刃が雨粒を斬り裂き、飛沫《しぶき》をあげる。音次郎は右にかわして、片足を水溜まりにつけたが、そのままの姿勢を保った。目は新右衛門の眉間《みけん》に、刀の切っ先は喉元《のどもと》を狙《ねら》い定めていた。

雨は地面をたたきつづけている。

新右衛門の利き足が地を蹴《け》った。同時に刀が横に薙《な》ぎ払われた。その刹那《せつな》、音次郎は水溜まりにつけていた足で、躍《おど》りあがった。新右衛門の刀が下からすくいあげられてきた。音次郎の菅笠の庇が断ち斬られた。

「うぐっ……」

くぐもった声を漏らしたのは、新右衛門だった。その肩口から血潮が迸《ほとばし》っていた。

濡れた地面が赤く染まってゆく。

音次郎は紙一重のところで菅笠を斬らせ、自分は相手の肩に撃ち込んだのであった。

新右衛門はその大きな体をゆっくり濡れた大地に横たわらせた。

「わあー！」

喚声が聞こえた。音次郎とお藤はそっちを見て、顔をこわばらせた。

集団となった百姓たちが竹槍や鎌を振りあげて殺到してくるのだった。いくらなんでも相手は数が多すぎる。音次郎ひとりなら、逃げる術《すべ》もあるが、お藤がいてはそうもいかない。百姓たちは誰もが、狂ったような目をしていた。

「お藤、逃げるのだ」

音次郎はお藤の手をつかむと、川岸に向かって駆けた。

第六章　激突

一

音次郎とお藤は川岸に追い込まれる形になった。街道の南北には百姓たちがいるし、東の山側にも百姓たちがいた。眼前には濁流が音を立てて、倒木を流していた。河原は狭いし、足場は最悪だった。

「こっちだ」

音次郎は先に立って、少し開けている上流の河原をめざした。お藤が息を喘《あえ》がせながらついてくるが、暴徒と化した百姓たちはもうそばまで迫っていた。

「佐久間さん、逃げられないわ」

「二人で相手するというのか」

音次郎とお藤は百姓たちを振り返った。二十人から三十人の集団が、互いを鼓舞するようにわめき声をあげていた。

殺せ！　逃がすな！　敵だ！　横尾さまが斬《き》られたのだ、許すな！

普段はおとなしい百姓たちだが、誰《だれ》もがおとなしいわけではない。蜂起《ほうき》しようと気持ちを高ぶらせているし、群れることで凶暴になっている。獲物を追い込む猟犬のようなものだった。

先の河原に向かったが、そこに十人ほどの百姓がまわり込んできた。竹槍《たけやり》を構え、鎌《かま》を振りあげ、そして石を投げてきた。雨は降りしきっている。そのなかに石の礫《つぶて》が鉄砲玉のように飛んでくるのだ。避けきれるものではない。

二人は大きな岩に身を隠したが、土手の上からも石が飛んできた。百姓たちはわあわあいいながら、二人を追いつめているのだった。

ここでおまえたちの敵ではない、味方なのだと弁解じみたことをいっても聞いてはくれないだろう。

音次郎はせわしなく周囲を見まわした。

「お藤、おれが百姓たちの注意を引きつける。その間に、川下に向かって逃げるんだ」

「どうやって注意を引くんです」

「いいから行くのだ。無事に逃れることができたら、さっきの神社で落ち合おう」

「でも……」

「いいから」

ビシッと、飛んできた石が岩に当たって砕けた。石は矢のように放たれている。河原なので、武器となる石はいくらでもある。音次郎は岩陰を出ると、川上の百姓たちに向かって駆けた。駆けるといっても足場が悪いので思うようにいかない。濁流が耳朶《じだ》にひびいた。刀を抜き、大きく頭上に掲げたが、百姓たちに怯《ひる》む様子はなかった。

「きゃあ！」

背後でお藤の悲鳴がした。振り返ると、岩に足を滑らして、しがみついているのだった。片足は川のなかに浸《つ》かり、両手で自分の体を引きあげようと必死になっていた。

「お藤ッ！」

音次郎は後戻りした。刀を鞘《さや》に納め、抜け落ちないように、下げ緒できつく結んだ。お藤は濡《ぬ》れた岩に爪を立ててしがみついているが、ずるずると滑り落ちていた。すでに両足は川のなかにあった。片手に飛んできた石があたり、お藤が悲鳴をあげた。

音次郎は飛んでくる石を片腕で庇《かば》いながら、お藤のもとに急いだが、ついにお藤は川の流れに奪われてしまった。体が沈み込み、両手が空をつかんでいた。

音次郎は意を決して、激流に身を投げた。

見た目以上に流れは激しく速かった。水の勢いに抵抗する術《すべ》はない。泳ごうとしてもうまくいかない。奔流に揉《も》まれながら、流されるしかないのだ。それでも必死に、溺《おぼ》れまいと手足を動かした。岩に激突して、肩を打ちつける。悲鳴をあげようとして、思い切り水を飲んでしまった。顔をあげて息継ぎをして、お藤を捜した。下流のほうに黒い髪が浮き沈みしている。

音次郎は両手で岩に激突するのを避け、足を使って岩を蹴《け》った。水に流されながら、眼前に迫ってくる岩に注意をし、見え隠れするお藤を追う。

百姓たちが追ってくるのかどうか、それをたしかめる余裕などなかった。ただ、お藤を救わなければならないという思いがあるだけだった。

流れが弱くなったところに来た。だが、その先はまた細くなり、激流となっているのがわかる。お藤の姿が見えない。音次郎は両手で水をかきわけて、岩場に挟まれた急流に呑《の》み込まれていった。一瞬、体が投げだされるような恰好《かっこう》になり、深みに沈み込んだ。そこは滝壺《たきつぼ》のようになっていて、川底には渦が巻いていた。

体の自由を奪われたが、渦のなかから抜け出て、水面に顔をあげて大きく息を吸った。そのとき、一本の大木がさっきの急な岩場から落ちてくるのが見えた。それはまさに音次郎めがけて落ちているのだった。必死になって両手両足を動かして難を避けようとした。どんという音がしたかどうかわからないが、そんな音が聞こえたような気がした。ついで、音次郎のすぐ横にさっきの大木が、川底から突きあげられるようにして、そそり立ち、ばしゃーんと、盛大な飛沫をあげて落ちた。

音次郎はその大木にしがみついて、ほんの束の間ではあるが、呼吸を整えた。お藤を捜すが、姿が見えない。どこだ、どこに流されたのだ。目を皿にしていると、二十間《けん》ほど川下の岩場に黒い髪が揺れていた。体は水のなかに沈み込んだままだ。そこには流木が溜まっていて、わずかながらではあるが流れがゆるやかだった。

大木から離れると、お藤のもとに泳いでいった。襟首をつかみ、体を引きあげた。お藤は気を失っていた。

「しっかりしろ」

頬《ほお》をたたいたが、お藤は目を閉じたままだ。

片腕をお藤の脇《わき》の下に入れて、川岸から伸びている枝につかまり、どうにか体を浅瀬に移すことができた。それから手の届くところにある枝をつかまえながら、ようやく川から這《は》いあがった。

「お藤……大丈夫か？　しっかりしろ……」

返事をしない。蒼白《そうはく》な顔で気を失っているだけだ。音次郎はお藤の胸を圧迫し、それから口に息を吹き込んでやった。何度か繰り返していると、ごぼっと、お藤の肺に入っていた水が溢《あふ》れ出た。同時に、うっすらと目を開け、唇を震わせるようにして、

「佐久間さん」と声を漏らした。

「大丈夫か？」

「……なんとか」

「川に流されたお陰で助かったようだ」

音次郎はそういってから街道のほうに目を向けた。人の姿はなかった。

しばらく体を休ませていると、お藤も元気を取り戻した。

「歩けるか？」

「ええ、どうにか……」

しばらく川沿いの畦道《あぜみち》を歩いてから街道に出た。雨は降りつづいていた。でこぼこ道のあちこちには水溜《みずた》まりがいくつも出来ていた。

「お藤、城下に戻って村垣さんと三九郎を呼んでくるんだ」

「佐久間さんも一度引き返したほうがよいのではありませんか」

「青山兵と百姓らのことが気にかかる」

「それじゃどこかで落ち合う場所を」

「さっきいった神社でよいだろう」

「……わかりました」

お藤は音次郎を見つめたあとで答えた。

二

六十人の足軽兵を率いる足軽頭は、一度、千代清水《ちよしみず》といわれる泉で、馬と兵を休ませて再び街道を上っていた。

その様子を百姓たちが、じっと見守っていることも知らずに前進をつづける。その先には狭い切り通しがあり、崖《がけ》の上には大きな石を落とす百姓たちが待ちかまえていた。その運命のときは、徐々に迫りつつあった。

崖の上で息をひそめている百姓たちを指揮するのは、四郎左衛門の仲間の高田茂十郎だった。小兵ながらがっちりした体つきで、押し出しの利く男だった。茂十郎は休息を取っていた青山兵が動き出したのを知ると、手下の百姓たちを配置につかせた。

　そのころ、大野口橋に控える四郎左衛門のもとに、ひとりの伝令が走ってきた。

「土橋は見事崩しました」

「よくやった」

　四郎左衛門は笑みを浮かべた。

「ですが、差配をする横尾新右衛門さんが、浪人に斬られました」

「なんだと！」

　四郎左衛門は笑みを消すと、目を厳しくした。

「どういうことだ？」

「よくわかりませんが、女連れの浪人が青山兵のあとからやってきて、横尾さんと斬り結んだのです」

「それで新右衛門が倒されたというのか。して、その浪人と女は？」

「わしらが横尾さんの敵《かたき》を取ろうと押しかけると、尻尾《しっぽ》を巻いたように逃げる途中で、川に落ちて流されました」

「川に流されただと……」

　四郎左衛門は濁流となっている上保川を眺めた。橋の下を流れる大間見川も水嵩《みずかさ》を上げて、上保川に合流していた。

浪人と女のことは耳にしていたが、いったい何者かわからない。それにしても新右衛門を斬り倒したとすれば、浪人は並の腕ではないということだ。

「それで敵はどこまでやってきているのだ?」

「千代清水で休んでおりましたが、前進をはじめております。そろそろ崖下の切り通しにつくころだと思います」

伝令となった百姓は、蓑合羽《みのがっぱ》のしずくを払い落とした。

「崖の下で兵にいかほどの痛手を与えることができるかわからぬが、難を逃れた兵はいずれここまでやってくるはずだ。容易に退却などしないであろう。おれたちはここでやってくる兵を迎え撃ち、押し返す。土橋の百姓らに、よくよく心得ておくように伝えるんだ」

「へい」

「待て、指図をする者をつけるので、その者といっしょにおまえは土橋に戻れ」

四郎左衛門はそういって、岸原九郎助《きしはらくろうすけ》という仲間を呼んだ。

「九郎助、新右衛門が得体の知れぬ浪人に斬られたそうだ」

「えっ! 新右衛門さんが……」

九郎助は目を丸くして驚いた。

「浪人の正体はわからぬが、いまはそれをたしかめている暇はない。おまえは土橋に行って、新右衛門の代わりに百姓たちの指揮をとるのだ」

「わかりました」

四郎左衛門は百姓の伝令と抜け道に向かう九郎助を見送ったあとで、街道の先に視線を投げた。降りしきる雨のせいで、街道の先は沛然《はいぜん》と霞《かす》んでいた。

三

切り通しの崖上で待機している百姓たちは、やってくる青山兵をじっと見ていた。足軽頭が先頭の馬にまたがっている。つづく足軽兵は雨に濡れながら粛々と歩を進めていた。その一隊は切り通しに差しかかっていた。

指揮をとる高田茂十郎は、雨笠の顎紐《あごひも》を締めなおして、息を詰めている百姓たちを見た。

「合図をするまで落とすな」

低声《こごえ》で百姓たちに注意を促して、崖下に目を戻した。

馬に乗った足軽頭が切り通しに入った。後続の槍隊がそれにつづき、そして鉄砲を担いだ兵四人、その背後に刀を差した足軽兵。

茂十郎は手にした棒切れをゆっくり頭上にあげた。敵兵が切り通しのなかほどにやってきた。そのとき、茂十郎の手がさっと動いた。石を落とせの合図だ。

いまかいまかと待ちかまえていた百姓たちは、大きな石を押し転がして、崖に落とした。雨音に負けない音が、ガラガラと切り通しにひびき、立木をなぎ倒し、瓦礫《がれき》を巻き添えにして街道に落ちていった。

青山兵は崖を転がり落ちてくる石に、ぎょっと目を剝《む》き、蜘蛛《くも》の子を散らすように逃げた。だが、百姓たちはどんどん石を落としつづける。抱えあげて投げる者、足で蹴落《けお》とす者、三人がかりで大岩を落とす者それぞれだった。

足軽らは最初、単なる崖崩れだと思った。しかし、崖上の百姓たちを見て、待ち伏せされていたことに気づいたが、どうすることもできない。大小の石はどんどん落ちてくるので、逃げるのが先だった。だが、石に頭を直撃されたり、足や肩をつぶされたりする者が出た。大きな岩の下敷きになる者もいる。とにかく落ちてくる石を防ぐ術はないので、早く切り通しを抜けるか、後戻りするしかない。それでも、崖上の百姓たちはつぎからつぎへと休む間もなく石を落としたり、投げたりした。

「それ、落とせ！　休むな！　逃げるやつには石を投げろ！」

茂十郎は声を張って、百姓たちをあおりつづけた。

崖下には逃げまどう足軽兵の姿があった。騎馬の足軽頭は、先に切り通しを抜けたが、その背後にいた兵たちはバタバタと倒れていた。

切り通しの道は、あっという間に瓦礫の山となった。もうそこに生きた敵の姿はなかった。生き残ったのは難を避け、切り通しを後戻りしたか、抜けた者だけだった。

「やめ！　やめ！」

青山兵に痛打を与えた茂十郎は、攻撃中止を告げた。

百姓たちは、やったやったと、はしゃぎ声をあげている。茂十郎は敵の犠牲者を数えた。少なくとも十人は死んでいるはずだ。怪我をした者もそれ以上いると思われた。

「やつらは崖に上ってくるかもしれぬ。それに備えるんだ」

茂十郎が注意を喚起したとき、銃声がこだました。

四人の鉄砲隊が崖の上に狙《ねら》いを定めて発砲したのだった。銃声は二発三発とつづいた。

「ぎゃあ！」

石落としの攻撃に気をよくし、油断していた百姓が胸を射抜かれて、崖下に転げ落ちていった。

「伏せろ。離れるんだ！」

茂十郎は鉄砲の餌食《えじき》にならないように後方に下がった。だが、今度は崖下から矢が射られて、どんどん飛んできた。崖の高さは十五間《けん》ほどだから、弓でも十分な射程距離だった。

百姓たちは木の陰に避難して、敵の反撃をかわした。それでも、背中や腕に矢を受けた者がいた。

「無闇《むやみ》に動くな！　じっとしていろ！」

茂十郎が怒声をあげたとき、下の道からひとりの百姓が走ってきた。

「高田さん、足軽たちがこっちにやってきます」

伝えに来た百姓は、ハアハアと息を喘がせながら伝えた。

「来るのは何人だ？」

「切り通しを後戻りした五、六人の足軽です」

「よし、その程度の数だったらどうってことはない。迎え撃つんだ。おまえたちの力を見せてやれ。百姓を侮れないことを思い知らせるんだ」

「へえ」

百姓が去っていくと、茂十郎はそばにいた宇兵衛《うへえ》という百姓を呼んだ。

「やってくる足軽は五、六人らしいが、切り通しの向こうからも攻めてくるかもしれぬ。見張りを立てて、百姓を十人ほど控えさせるんだ」

「わかりました」

宇兵衛が駆け戻っていくと、茂十郎は下の街道につづく小径を下りた。と、すぐ下の道で、百姓たちに斬り込んでくる足軽の姿があった。

「うぎゃあ！」

竹槍を突き出した百姓のひとりが、突きをかわされて、腕を斬り落とされた。

茂十郎は刀を抜いて、駆け下りた。

四

音次郎は街道に出ていた。雨は幾分弱まっていたが、人の姿は見えない。この辺の村人も一揆《いっき》に参加するために徳永村に行っているのかもしれない。

もう少しで栗巣川に架かる土橋だったが、そこで初めて百姓の姿を見た。橋の向こうと手前にそれぞれ十人ばかりがいるのだ。みんな竹槍や鎌などの武器を手にしていた。自分とお藤を襲おうとした百姓たちだと思った音次郎は、道の脇にある桑畑のなかに入った。

そのまま桑畑のなかを進んで様子を見ると、土橋が壊されているのがわかった。戻ってくる青山家の足軽兵を待ち伏せするつもりなのだと知れた。橋の長さは三間ほどだから、飛び越えることはできない。渡るには岩の転がる川を歩くしかないが、あいにくの雨のために川は深くなっている。徒歩で渡るのも無理だから上流の狭い場所を探すしかない。音次郎は百姓たちに見つからないように、桑畑や木立に隠れながら川上をめざした。途中で何軒かの百姓家を見たが、やはり人の気配はなかった。

しばらく行ったところに川幅の狭いところがあり、そこに竹を組んで渡しただけの心許ない橋があった。音次郎はその橋を渡って徳永村に入った。今度は逆に川下に向かって歩く。痩《や》せた畑や田がある。田は雨で水嵩を増して、池のようになっている。植えられたばかりの青い苗の先がかすかに見える程度だ。

蛙《かえる》の声が聞かれたが、それも多くなかった。壊された土橋が見えたので、雑木林のなかに入って街道沿いに進んだとき、負傷したらしい足軽兵が数人、杖《つえ》をつきながら引き返してくるのが見えた。

と、道の脇に隠れていた百姓たちが、飛びだして手傷を負った足軽兵らに襲いかかった。足軽は手にしている槍や刀で応戦したが、傷のせいで普段のように動くことができない。防御するのがやっとだ。

「ぎゃ……」

ひとりが竹槍の餌食《えじき》になった。胸を突かれると、背後からも背中を突かれた。血が小袖《こそで》を染め、鮮血が雨を吸った地面に広がった。

百姓たちはひとりを仕留めると、勢いづいてつぎつぎと足軽たちを殺戮《さつりく》していった。鎌が血潮を飛ばし、槍が肉を抉《えぐ》った。

音次郎は首を振って見ているしかなかった。どっちに味方すればいいのか、それもわからない。とにかく、百姓たちを動かしている男のことを知りたかった。

土橋の近くまで引き返してきた足軽兵たちは、ことごとく殺されてしまった。百姓たちはその死体を、道の脇に引きずって、他の通行人にわからないように隠した。

音次郎はもう少し先にいって様子を見ることにした。と、ひとりの男がいた。野武士のようだ。音次郎が斬った男の仲間だ。近くにいる百姓に、指示を出しているのが窺《うかが》い知れた。木立のなかを進んでゆくと、一カ所に集まっている四、五人の百姓がいた。

そこへひとりの百姓が走ってきた。

「おい、切り通しの崖はうまくいったようだ。逃げた敵は大野口橋のほうに向かっている」

「おれたちゃどうすりゃいいんだ？」

菅笠を被っている百姓が聞いた。

「青山兵は杉本さんに押し返されて、こっちに戻ってくる。それを迎え討てとのことだ。岸原さんの指図にしたがえばいい」

「岸原さん？」

「横尾さんが浪人に斬られたので、岸原九郎助さんという方が命令をされる。まだ会ってないのか？」

「おれたちゃ、ずっとここにいたからな。そう命令されたからよ」

「それじゃ、ここにいるんだ」

走ってきた百姓は、土橋のほうへ急ぎ足で去って行った。

音次郎は自分が斬った男の名が、横尾ということを知った。そして、さっきいた男の名が岸原九郎助だとわかった。さらに、大野口橋に杉本という野武士がいるのがわかった。しかし、切り通しの崖がうまくいったといったが、よくわからない。おそらく百姓たちはその切り通しになにか仕掛けていたのだろう。さっき百姓たちになぶり殺しにされてしまった足軽たちは、その切り通しで怪我をしたと思われた。

　木立の先にいた百姓のひとりが、そばの畑のほうへ歩いていった。竹林のなかだ。男は鎌で竹を切りはじめた。新たな竹槍を作るようだ。そのあたりの竹は何本も切り倒されていた。

　音次郎は竹林のなかに入って、男の背後に忍びよった。仲間の百姓たちから見えないことを確認すると、男の首に手をかけ、素早く右手の鎌を奪い取って、その場にねじ伏せた。百姓の目が驚きに見開かれていた。

「声を出すな。出せば、この鎌でおまえの喉《のど》をかっ切る」

　百姓は気弱な目をしばたたき、生つばを呑んでうなずいた。

「土橋を壊しているが、そこには何人いる？」

「……二十四、五人です」

「ここでなにをしているんだ？」

「竹槍を作るようにいわれているんです」

「切り通しの崖がなんとかといっていたが、どういうことだ」

「………」

「いえ」

鎌の刃を喉にあてがってやると、百姓は震えあがった。

「崖の上から石を落とすんです。うまくいったと聞きました」

どれほどの被害が出たのか、それをこの百姓に聞いてもわからないだろう。

「その切り通しで指揮をしているのは誰だ？」

「た、高田茂十郎という人です」

「野武士のひとりだな」

百姓は小さくうなずいた。

「おまえたちに指図しているのはその野武士たちらしいが、だれが頭《かしら》だ？」

「……片重半兵衛という人です。お願いです。殺さないでください」

百姓は哀願した。

「大野口橋には何人の百姓がいる？」

「八十人だと思います」

「それを指図しているのも片重という者か？」

百姓は首を横に振った。

「それじゃ誰だ？」

「杉本四郎左衛門さんです」

音次郎は百姓の顔をじっと見つめた。殺されると思っているのか、体をガタガタ震わせていた。怯《おび》えた顔に雨が張りついている。

音次郎は考えた。自分のことを知られないようにするためには、この百姓を殺すのが一番だ。しかし、恨みがあるわけではない。かといって放っておけば、自分のことが知られてしまう。考えた末に、鳩尾《みぞおち》に拳をたたき込んで失神させた。

そのまま百姓を肩に担いで、竹林の奥に行って木の枝に巻きついている蔓《つる》をあつめて、百姓を木にくくりつけた。手足を縛り、口に猿ぐつわを嚙《か》ませた。

音次郎は竹林を抜けると、街道に沿って進んだ。百姓の姿を見ると、土手や木の陰に身を隠した。そうやって三町ほど進んだとき、切り通しの崖が見えてきた。

立ち止まった音次郎はじっと、崖の上の人影を凝視した。百姓たちが忙しく動きまわっている。石を集めているのだった。引き返してくる藩兵に、もう一度石を落とすつもりなのだ。音次郎がよく見ようと、足を踏みだしたときだった。

うぉー！

どよめくような大きな声が、雨を降らす天にひびいた。

五

青山兵を大野橋口に引き寄せた四郎左衛門は、「いまだ」と突撃の大号令を発した。街道の脇にひそんでいた百姓たちが一斉に立ちあがった。その数は八十人あまりだ。切り通しの攻撃から逃れてきた足軽たちは、四十人に満たなかった。足軽頭は突如、現れた百姓の集団に足を止めると同時に、顔を引きつらせた。足軽らは切り通しで不意をつかれたばかりで士気が低下していた。

それでも怒濤《どとう》のように押しかけてくる百姓の集団に、身構えて刀を抜き、槍を構えた。

「恐れるな！　恐れるでない！」

百姓たちの後方で、四郎左衛門は声を嗄《か》らしつづけていた。百姓たちは勇敢であった。立ち止まった足軽たちに、蟻《あり》がたかるように突っ込んでいったのだ。

あっという間に乱戦となった。

竹槍で藩兵の太股《ふともも》や尻《しり》を突くと、そこに隙《すき》ができた。それを逃さじと、他の百姓が竹槍で腹や首を突き刺した。

「うぎゃ……」

蛙を踏みつぶしたような悲鳴がした。

「ぐうぇ……」

鎌で腹を裂かれて倒れる者がいる。

もちろん、百姓たちにも犠牲は出た。腕を斬り落とされ、首を刎《は》ねられ、胸を突き刺された者たちが、バタバタと倒れて道に転がった。それでも数に勝る百姓たちのほうが優勢だった。

足軽兵は徐々に数を減らしながら後退するしかなかった。

「退け、退くんだ！ 退けッ！」

馬上で声高に足軽頭が叫んだとき、その太股に竹槍が突き刺さった。

「うむ」

歯を食いしばって痛みを堪《こら》えた足軽頭は、竹槍を刀で切りはらった。しかし、今度は背中を槍で突かれた。馬に乗っているのに耐えられず、そのまま転落すると、四、五人の百姓が一斉に竹槍を突き出してきた。

目を抉られ、腹を突き刺され、喉を鎌で切られた。足軽頭は断末魔の悲鳴をあげて息絶えた。指揮をする足軽頭を失った兵は、さらに後退していった。切り通しの近くまで来ると、彼らは崖上に百姓の姿を見て、上保川沿いの畦にまわり込んだ。

勢いづいた百姓たちは、遅れをとった足軽につぎつぎと襲いかかっていった。なかには勝《か》ち関《どき》の声をあげる者もいた。それがさざ波のように広がり、百姓たちは大きな喚声を、雨を降らす天にひびかせた。


「これで騒ぎはもっと大きくなるはずだ」

街道を見下ろせる丘の上に立っていた半兵衛は小さなつぶやきを漏らして、ふふっと小さく笑った。

「片重さま、百姓たちの勝利ですね」

そばについている藤次郎が、硬い表情をしていった。

「うむ。よくやってくれるわい」

「しかし、このことで青山家はもっと兵の数を増やして押しかけてきます」

「騒ぎは大きくなればなるほどよい」

「………」

藤次郎は黙り込んだ。

半兵衛は兵を押しやる百姓たちを眺めながら、もっと百姓を集めなければならないと思った。ただ、懸念するのは新たな兵がいつやってくるかである。もし、明日やってくるとしたら、百姓たちをいったん山のなかに隠れさせる必要がある。

青山家が出兵を二、三日見合わせれば、百姓の数を増やして態勢を整えることができる。いずれにしろ、新たに百姓を集めなければならないことに変わりはない。

「城下まで入れば、思い通りにことは運ぶはずだ」

「思い通り……」

つぶやいた藤次郎が、老顔の半兵衛を見た。

「そうだ。青山家を失脚させるには百姓を城下に入れ、火を放たなければならぬ」

藤次郎はごくりと生つばを呑み込んだ。

足軽たちは散り散りになっていた。

切り通しの崖を避けて、川沿いに後退しながら、ただひたすら城下をめざしていた。百姓たちは逃げる足軽をおもしろがるように追いかけ、そして殺していった。

崖の上で石落としの襲撃の準備をしていた百姓たちは、敵が切り通しを回避したので、街道に駆け下りて逃げる足軽たちに追い打ちをかけた。

栗巣川の土橋近くまで逃げのびた足軽たちは、そこで唖然《あぜん》となった。橋を渡れないのである。増水した栗巣川に入れば、溺《おぼ》れるか荒れ狂っている上保川に流されるのは目に見えている。

我が命はここまでであったかと、絶望の淵《ふち》に立たされた足軽たちは、栗巣川を背にして、群がって追いかけてくる百姓たちに正対すると、そのまま刀を振りあげて吶喊《とっかん》していった。

「わあー」

死を覚悟しての突撃だった。

崖の上から百姓たちがいなくなると、音次郎はそこに立って眼下の街道を眺めた。青山兵は次第に数を減らしていた。統率する者を失ったいまは、四散して命からがら逃げるだけであった。

もはや全滅に近かった。

「なんということに……」

音次郎はため息をつかずにおれなかった。崖を下りて、林のなかを抜けながら栗巣川の近くに来たとき、生き残りの兵が百姓の集団に、刀を振りあげて突っ込んでいくのが見えた。彼らは何人かの百姓を斬りはしたが、はかない抵抗に過ぎなかった。

青山家の兵は、ついに壊滅してしまった。

いや、生き残りがいた。それは足軽頭の馬を見つけたひとりの足軽で、手綱を取ると、ひらりとまたがり、馬腹を蹴って疾駆させたのだ。土橋は崩れているので渡れないから、その足軽は栗巣川の上流をめざした。

馬を追う百姓もいたが、とても追いつけるものではない。馬にまたがった足軽は、上流に行くと狭い場所を見つけて川を飛び越え、そのまま城下に逃げていった。

大野口橋にいた百姓も、切り通しの崖にいた百姓たちも、いまは栗巣川の土橋そばに集まっていた。そこへ、四郎左衛門と崖の上で指揮をしていた高田茂十郎、そして土橋を受け持った岸原九郎助が会した。

音次郎は桑畑に身をひそめて、その様子を見ていた。百姓たちを取り仕切っているのが、野武士たちであるのは遠目にもわかった。野武士の人数は八人だったが、他にもいるかもしれない。

彼らは話し合っていたが、しばらくすると街道を引き返していった。百姓たちは殺されたり怪我をした仲間を運び、また藩兵の残した槍や刀といった武器を奪い取っていくのを忘れなかった。

ついさっきまで激しい戦いが繰り広げられていたのに、百姓たちの姿が消えると、雨の音と濁流となっている川音だけが残った。

桑畑を抜けた音次郎は、街道に立って左右を見、天をあおいだ。

雨は弱まりつつあった。

六

雨は夕刻にやみ、山に切り取られた峡谷の空を覆っていた雲も静かに払われていった。周囲の山々を白い霧が這い上ってゆき、平家岳の稜線《りょうせん》が夕日に照り映えた。鳥たちの鳴き声がわき、鴉が峡谷の空をよぎっていった。

しかし、夕焼けも束の間のことで、静かに闇がおりはじめた。

音次郎は一度、河辺村の神社に戻って、お藤たちがやってくるのを待ったが、闇が濃くなるにつれ空腹に耐えられなくなった。昨日から腹の足しになるようなものを食っていないのである。

まずはなにか食べようと思い、村の道を歩いた。あちこちにある水溜まりが、空に浮かんだ星を映していた。百姓の家が点々と闇のなかに浮かんでいる。まるで蛍《ほたる》のようだった。

音次郎は躊躇《ためら》ったが意を決して、百姓の家を訪ねることにした。旅の途中だが、栗巣川を渡れなくなったとでもいえばよいだろう。適当に誤魔化すことはできるはずだ。

雨があがってくれたので、濡れることはないが、着物は生乾きのままで、決して気持ちいいものではなかった。

野路を辿り、一軒の百姓家の前に立った。開け放されている戸口から、屋内が見えた。板の間の居間に、家族がいる。年寄りと女だけだ。足を進めて戸口に立って声をかけた。

「すまぬが、少し休ませてもらえまいか」

女が立ちあがって、戸口のそばまでやってきた。

「雨にたたられ、おまけにそこの川を渡れないのだ」

「川を……」

「橋が壊されている」

女は居間のほうを振り返った。すると老人が、入れてやれというようにうなずいた。

女はその家の嫁でおかよといった。老夫婦が居間に座って茶を飲んでいた。六十過ぎの老人は為吉《ためきち》、その妻がおつるといった。音次郎も、自分の名を正直に名乗った。

「どこへ行かれるんです」

為吉が茶を差しだしながら聞いた。

「高山まで行こうと思っているのですが、ひどい雨にたたられました」

「……そのようですな」

為吉は音次郎のなりをしげしげ眺めてからいった。

「申しわけありませんが、なにか食い物はありませんか？　街道の店はどこもしまっていて、なにも食べていないのです」

「おかよ、旅の途中で困っておられるお侍だ。もてなしてあげなさい」

為吉は話のわかる老人だった。

里芋と牛蒡《ごぼう》と大根の入った汁と飯が運ばれてきた。それに山菜の漬け物が添えられた。空きっ腹だった音次郎は、黙々と食べた。

「よほど、腹を空かしておられたようですな」

為吉は目尻にしわを寄せて、音次郎の食べっぷりを見ていた。

「ご亭主は留守ですか？」

音次郎は腹が落ち着いたところで、おかよに聞いてみた。

おかよは為吉を一度見てから、

「寄り合いに行っているのです」

と、目を伏せて答えた。

「城下で一揆が起きたという噂《うわさ》を耳にしましたが、まさかこの村のことではないでしような」

茶をすすりながらさりげなく聞くと、為吉たちは互いの顔を見合わせた。

「……そうなのですか？」

「一揆は起きているようです」

煙管《キセル》に火をつけて、為吉が認めた。

「倅《せがれ》の吉兵衛《きちべえ》と孫の精蔵《せいぞう》が加わっているんです。このあたりの村は苦しいですから……。倅の吉兵衛は組頭をやっております」

するとと村役ということである。組頭・百姓代・名主は世襲だったり、村人の推薦でなったり、あるいは郡代や代官から指名されることもある。いずれの役も村の代表で、村政を司り、年貢納入などの諸業務をこなす立場にあった。

「なにを訴えているのです？」

「高い年貢や割に合わない公役《くやく》やいろいろです。村の入用金も嵩《かさ》んでおりますから、それもなんとかしなければなりません。それなのに、国のお偉方は贅沢三昧だというではありませんか。……少しは百姓のことを考えてもらわないと、暮らしは楽になりません。水呑は食うや食わずですからな。ひどいものです」

「しかし、つまらぬ騒動を起こすと、かえってよくないのでは……」

「そうかもしれませんが、あちこちの村が立ちあがるのに、この村だけあぐらをかいているわけにもいかないのです」

為吉は街道沿いの村のほとんどが一揆に加わっていると話した。もっとも村民全員ではなく、力のある若い男たちがほとんどだというが、参加者は一村から二十から四十人ぐらいだろうと話した。ただし、どのようにして一揆を起こしているか、具体的なことまでは知らなかった。

七

徳永村にある多賀神社のそばに、村名主・惣右衛門《そうえもん》の家があった。半兵衛はその家に身を移して、四郎左衛門らと明日のことを話していた。座敷には百目《ひゃくめ》蠟燭《ろうそく》が点されており、半兵衛の前には手書きの地図が広げられていた。

集まっているのは半兵衛を中心に、四郎左衛門とその仲間八人であった。

「つぎにやってくる青山兵はもっと数が多いはずだ。そのためにも、なんとしても百姓の数を増やしたい。できるか？」

　半兵衛は四郎左衛門らを眺めた。

「勇ましく立ちあがったのが今日まで加わっている百姓です。もっと数を増やすとなれば、しばらくの猶予を見てもらわなければなりません。今日の明日では無理でしょう」

　四郎左衛門は仲間の顔を見てからそういった。

「集めるのに幾日かかる？」

「急いで三日でしょうか……」

「数は？」

「百人増やせるかどうか……」

「いや、使える百姓は五十人も残っていないでしょう」

　口を挟んだのは、岸原九郎助だった。

「なぜだ？」

　半兵衛は眉間にしわを刻んで九郎助を見た。

「訴えを起こす行列に参加するだけなら、百人は増やせるでしょうが、戦うとなれば、それなりの胆力がなければなりません。今日の蜂起に加わっていない百姓は、喧嘩《けんか》もできそうにない気の小さい者ばかりです」

「ふむ……」

半兵衛は腕を組んで考えた。

今日の騒ぎで、藩は本気で腰をあげるだろう。今度の出兵には、今日以上の人数で押しかけてくるはずだ。その兵を打ち破ることは、おそらく無理である。藩が力で圧してくるのは火を見るよりも明らか。戦わずに城下まで繰りだすことはできない。

「叔父御、どうされます？　集めるなら、早いほうがいいはず」

四郎左衛門がひと膝乗りだして、半兵衛を見た。

「……百姓は何人残っている」

「今日の戦いで、死んだ者や怪我をした者がいますので、百人ほどでしょうか……」

「………」

それでは少なすぎる。

「女子供を集めてはいかがです。戦わせるのではなく、街道沿いに旗や幟《のぼり》を持たせて立たせるのです」

進言したのは高田茂十郎だった。

「それはよい考えだ」

だが、それだけのことで敵兵を押し返すことはできない。もっとも心理的な効果は望めるだろうが、ただそれまでのことでしかない。

「よもや明日の出兵があるとは思わぬが、明日もし兵が街道を上ってきたら、百姓たちは一度山のなかに隠れさせる。そうやって刻を稼ぐ間に、新たに百姓を募るのだ。多ければ多いほどよいが、五十人でもかまわぬ。できるか」

半兵衛は四郎左衛門たちを順繰りに眺めていった。

「やってみなければわかりませんが、やるしかないでしょう」

四郎左衛門が答えたとき、戸口から五、六人の百姓たちが入ってきた。

「片重さま」

上がり框《かまち》に手をついていったのは、この家の主で、村名主の惣右衛門だった。他の百姓も組頭や百姓代といった村役だった。

「お話がございます」

「なんだ」

「今日のことでございますが、あれでは戦《いくさ》です。わたしらの訴えを聞いてもらうには、あまりにも強引すぎるような気がするんでございます」

半兵衛は表情を厳しくした。

「何故強引だと申す」

「殺し合いをしてもなんの益もないと思うのです」

「そうではない。青山兵が力ずくで百姓たちを抑えようとするから、その前に手を打っているだけだ。放っておけばもっと犠牲が出たはずだ。黙って指をくわえていては、なにも前に進まぬのだ」

「ですが、死人や怪我人がこれ以上増えるとなれば、働き手を失うことになります」

「そんなことは端《はな》からわかっておる。肉を斬らせて骨を断つ。それぐらいの気概をもって臨まなければ、これまでどおり国のいいなりだ」

「国の兵に刃向かえば、もっと恐ろしいことになるのではありませんか。現に今日は、出兵してきた兵のほとんどを殺しているのです。おとなしく国が見過ごすはずがありません。もっとひどいしっぺ返しがあるはずです」

「一揆に加わった者たちも、いまは意見が分かれております」

河辺村の名主・次郎作《じろさく》だった。

「分かれているだと」

「はい、戦ってもいいが、殺すのも殺されるのもいやだというのです。もっともなことだと思います。国に訴えを起こすのはやぶさかではありませんが、もっと他のやり方がいいのではないでしょうか」

これは河辺村の組頭・吉兵衛だった。

「みんなよく聞け。ここで引いたら、青山家の思う壺だ。百姓を見くびると、とんだ火傷《やけど》を負うことを知らしめるべきなのだ。命を惜しむのはわかる。怪我もしたくない。人を殺したくもない。当然、誰でもが思うことだ。だが、ここでくじけた気持ちを持てば、それこそ孫のその孫の代までなにも変わらないことになる。これから先、家を継ぐ者たちのことを考えれば、悪政を受け入れたままではいかぬだろう。そうではないか」

百姓たちは黙り込んだ。

「直訴《じきそ》しても罰が待っているだけだ。すでに我々は蜂起しているのだ。つまり、どうあがいても罰は待っている。ならば、悪政に対して毅然《きぜん》と立ちあがるのが本道のはず。ここで自分の身を案ずれば、子孫に苦しみを引き継がせることになるのだ」

「おっしゃることはよくわかります。ですが、今日のようなやり方は感心できないのです」

「おぬし、河辺村の組頭・吉兵衛だったな」

鋭い眼光でにらんだのは、四郎左衛門だった。

「はい」

「おぬしは寝者になるつもりか？」

「そういうわけではありません。戦っても厳罰は待っているはずです。だったら、きちんとした訴えを起こして罰を受けるほうがよいと思うのです」

「いかにして訴える？」

「村の百姓たちで起請文《きしょうもん》を作ります。そのうえで、連判状と訴状をもって城下に駆け込みます」

「馬鹿なッ。同じことだ」

「そうではないと思います」

吉兵衛は四郎左衛門をまっすぐに見た。

「まずは、ここにいる者たちで家老屋敷を訪ねるのです。みな村役なので、訴えは上のほうに通ると思います。無論、その後に刑罰が待っているでしょうが、覚悟のうえです」

「よい、おぬしらの考えはわかった。だが、早まったことはしてはならぬ。一晩よく頭を冷やすのだ。それでもう一度、明日の朝、わしと話そうではないか。わしもおまえたちのいい分をよくよく考えておく」

半兵衛はなんとかその場を収めたが、百姓たちを統率するのが難しくなったことを感じた。だが、百姓の分裂はなんとしてでも防がなければならない。

やってきた村役たちが帰っていくと、

「明日の朝、もう一度百姓たちをまとめるのだ。寝返る者が出ては困る」

半兵衛は苦々しい顔で、四郎左衛門らに告げた。

第七章　神路川《かんじ》

一

音次郎は為吉から村の窮状をよくよく聞かされていた。

城下に逃げた友三郎から聞いた話と重複することもあるが、要するに村の者たちは、年貢と小物成《こものなり》を減免してほしいのであった。

小物成とは、本途物成《ほんとものなり》である本年貢以外の雑税のことである。山年貢、野年貢、茶年貢などと多岐にわたり、商工業やその他の営業に対する課税もこれにあたった。

「一揆を取り仕切っているのは、どこの村役です？」

すでにわかっていることではあるが、念のために聞いてみた。

「わしは詳しいことを聞かされていませんが、飛驒からやってきた侍が先頭に立っていると聞いてます。伜がいうには、村に明神様がやってきたということでしたが……」

やはりそうなのだ。あの野武士たちが、扇動《せんどう》しているのである。

「ひどいことにならなければよいのですが……」

為吉は蜂起を危惧《きぐ》しているようだ。だが、もう遅い。百姓たちは青山家の兵を殺戮《さつりく》しているのだ。そのことを国が見過ごすはずがない。だが、音次郎は旅の者と騙《かた》っている以上、下手なことはいえなかった。

「願い出のすべてを受け入れてもらえるのは無理なことでしょうが、せめて年貢を減らしてもらい、貧しい百姓には縄心《なわごころ》（控除）をしてもらえれば、ずいぶんと変わるはずなのですが、とにかく今度の一揆は、伜たちにまかせきりですから……」

為吉はどぶろくをちびちびやりながらいう。

「そうだ佐久間さん、今夜はこの家にお泊まりになったほうがよろしいです。この先には宿などなにもありませんから」

「そうさせていただけるとありがたい」

音次郎が為吉の好意を受け入れたとき、戸口ががらりと引き開けられて、二人の男が入ってきた。ひとりは為吉の長男の吉兵衛と、その伜の精蔵だった。

二人は珍客に奇異の目を向けて、

「その方は？」

と、吉兵衛が緊張の面持ちで訊《たず》ねた。

「旅の方だ。高山に向かわれるところ今日の雨に見舞われたのだ。土橋も渡れなくなっているそうで、この村に迷い込んでこられた。佐久間音次郎さんという」

音次郎は自分のことをもしや知っているのではないかと、吉兵衛と精蔵の反応を窺《うかが》ったが、気づく素振りはなかった。

「そうでしたか。川を渡るのでしたら、この家の先に竹の小橋があります」

居間にあがってきた吉兵衛は、為吉の前に座った。精蔵は下座について、

「おっかあ、腹が減った。飯をくれ」

と、おかよにねだった。

「高山に向かわれるそうですが、この先の街道へ進むのは考えものです」

吉兵衛は音次郎の目を見てそういった。

「一揆のことをそなたの父上から聞いたが、どうなっているのだ？」

音次郎も吉兵衛をまっすぐ見た。

「……聞かれてたのですか」

つぶやいた吉兵衛は、どぶろくを引き寄せると、湯呑みについで、一口飲んだ。

「ひどいことになりました」

「ひどいこととは……」

知っているが、ここは訊ねることにした。しかし、吉兵衛は為吉や女房の手前、殺し合いがあったことは口にしなかった。

「飛騨から来た野武士が先頭に立っていると聞いたが……」

「佐久間さんはなぜそんなことを気になさるんです」

吉兵衛は村役を務めているだけあって、才知に長《た》けた目をしていた。実際、頭の回転も早そうだ。

「城下でも一揆の噂は耳にしたし、親爺殿からもあれこれ聞かされたので気になるのはしかたなかろう。もしや、わたしを藩の者と疑っているのであれば、それは誤解だ。青山家とは縁もゆかりもない男だ。懸念は無用だ」

「そうですか」

そう応じた吉兵衛は、考える目をしたまま、どぶろくの入った湯呑みの縁を指先で小刻みにたたいた。それからおもむろに顔をあげた。

「親爺、おれは明日、徳永村の惣右衛門さんらと国家老に訴状を出そうと思う。これ以上蜂起を大きくしたくない。死んだ百姓たちもいるし、揉み合った足軽たちも痛手をこうむっている。このままだと本当に無事にはすまない」

吉兵衛は表情を硬くしていった。そばにいた女房のおかよが慌てたように、顔をこわばらせた。

「訴状を出したとしても、蜂起の先頭に立つ者は罰されるのだぞ」

「覚悟はしています。おれと惣右衛門さんらが責任を取れば、百姓たちは救われるはずです」

「惣右衛門というのは？」

音次郎はじっと吉兵衛の目を見つめた。

「徳永村の名主です。自分たちは今日のことで愚かだったことを思い知りました。無茶にもほどがあります。詳しく話すことはできませんが、行き過ぎたことをしました。それで気づいたのです。おれたち百姓はそそのかされているということを……」

「………」

「村の百姓たちに蜂起を勧めたのは、もとは金森家の家臣、もしくはその倅たちです。そして、その野武士を動かしているのが、やはり元金森家の家臣で片重半兵衛という侍です」

「すると、その片重という男は、なんのために蜂起を勧めたというのだ？」

「貧しい村を救うためだと口ではいっていますが、やり方が強引すぎるのです。目に余ります。あんなことをつづければ、本当に村はつぶれてしまうでしょう。ですが、片重という人は、子孫のことを、村の行く末を考えて、立ちあがるのだと鼓舞します」

「すると、片重という男には他に企みがある、そういうことか？」

「よくはわかりませんが、そんな気がします。ひょっとすると騒ぎを大きくして、青山家に汚名を着せたいのかもしれません」

吉兵衛は聡明《そうめい》な男らしい。それに、強い精神力が感じられる。

「そういうことであれば、村の百姓らは騙されているということになるな」

「騙されていると、おれは思います」

吉兵衛は憤《いきどお》ったような口調で吐き捨てた。

「明日、片重さんともう一度話をするつもりですが、おそらくおれたちの話は聞いてくれないでしょう。……このままでは、村の百姓たちは皆殺しの目にあうかもしれない」

吉兵衛は、くそっと、悔しそうにいって固めた拳を自分の太股に打ちつけた。

このとき音次郎は意を決した。百姓たちを救わなければならないと。

翌朝は、さえずる鳥の声で目が覚めた。

音次郎はしばらく天井の梁《はり》を見つめた。吉兵衛宅の奥座敷に床を取ってもらっていたのだ。雨戸の節穴の向こうに夜明けの光がある。おそらく、七つ半（午前五時）ごろだろう。台所のほうで物音がするので、すでに家人は起きているようだ。

心地よい夜具に寝させてもらったおかげで、それまでの疲れはすっかり抜けていた。

夜具を畳み、居間に行くと、為吉と吉兵衛、精蔵が茶を飲んでいた。おつるとおかよが台所で朝餉《あさげ》の支度をしていた。

音次郎は思いもよらぬ親切に礼をいって、おかよが淹《い》れてくれた茶に口をつけた。

開け放された縁側の向こうには、青い空が広がっている。昨日の雨がまるで嘘《うそ》のようだ。

「吉兵衛、差し出がましいことをいうが、蜂起を見合わせるように百姓たちを説得すべきだろう。昨夜の話を聞けば、そのほうが利口というものだ」

昨夜、音次郎は床に就くまで吉兵衛の話を聞いていた。そのときは黙っていたが、いまはいうべきだった。

「佐久間さんもそう思われますか」

「……これ以上国と争えば事態は悪くなるばかりだろう。話を聞けばそう思えてしかたない。吉兵衛の考えは正しいはずだ」

「吉兵衛、わしもそう思う。昨夜おまえの話を詳しく聞いて、恐ろしくなった」

　為吉も言葉を添えた。

「親爺、おれはもう腹を決めたよ。百姓たちを自分の村に帰そう。そうしなきゃ、大事な働き手を失うばかりだし、あいつらには女房や子供もいる。訴えは、百姓たちが村に帰ったあとでやることにする」

「おとっつぁん、そううまくいくかな」

　精蔵だった。みんな精蔵に顔を向けた。

「片重さんや杉本さんを信じ切っている者が少なくないんだ。それに鉄砲や刀、槍をぶんどっていい気になっているやつもいる。あいつら、よく考えもしないで青山家の兵と一戦交えるのを馬鹿みたいに望んでいやがる」

「だから、それをやめさせるんだ」

「寝者《ねもの》扱いされると、どういうことになるかわからないよ。裏切り者だといわれて袋だたきにあうかもしれない。……殺されたやつだっているじゃないか」

「殺された……そりゃほんとか？」

為吉が驚いたように目を瞠《みは》った。

「ああ、百姓同士の諍《いさか》いも起きているんだ。おいらはおとっつぁんのいうことはわかるけど、片重さんを信じているやつらがどう出るか、それが怖いんだ」

精蔵は泣きそうな顔をした。心の底から父親の身を案じているのだ。

「だが、この騒ぎをやめさせるには、おれや惣右衛門さんたちが話をするしかないんだ。……とにかく、やるしかない」

気まずい沈黙があった。

湯呑みのなかの茶柱を見つめていた音次郎は、ゆっくり顔をあげて、

「片重半兵衛という男の下についている野武士は十一人だといったな」

と吉兵衛に聞いた。

「そうです」

「とにかく蜂起をやめさせるのが肝要であろう」

音次郎はそういって、調えられた朝餉に取りかかった。

二

「叔父御《おじご》、大変でござる」

血相を変えた四郎左衛門が、多賀神社そばの村名主・惣右衛門の家に入ってきた。

「何事だ？」

「この家の惣右衛門が百姓らに村に帰るように諭《さと》しているのです。それにしたがう者も出ています」

「なに……」

半兵衛は目を険しくした。昨夜、河辺《かべ》村の吉兵衛らとやってきたときから、惣右衛門の言葉が頭に引っかかっていた。それに惣右衛門はこの家を半兵衛に使わせたまま、親戚《しんせき》の家に身を置いていた。

「惣右衛門になびく者がこれ以上出れば、蜂起はできません」

「新たに蜂起に参加する者はどうなのだ？」

「百姓を遣わせていますが、何人集まるか、それが明日になるか明後日になるかはしかとは……」

「うむ」

うなった半兵衛は、現在いる百姓の数を考えた。村に帰る者が多くなれば、目的は果たすことができない。なんとしてでも、城下に入らなければならないのだ。

「惣右衛門はどこだ？」

「大野口橋に百姓らを集めて話をしております」

それを聞いた半兵衛は、差料《さしりょう》をつかむなり立ちあがった。

「ついてこい」

そういって、四郎左衛門と三人の仲間を連れて大野口橋に足を急がせた。空は晴れているが、昨日の雨のせいで道はぬかるんでいた。

橋のそばには四、五十人の百姓が群がって、惣右衛門の話を聞いていた。河辺村の名主・次郎作の顔もある。

「とにかく無用な争いは終わりだ。これ以上争いがつづけば、死人が増えるばかりだ。国はもっと多くの兵を繰りだしてくるに違いない。そうなったら、わしらではとても太刀打ちできない。奪った鉄砲だってろくに使えないのだ。刀や槍も心得がなければ扱いきれないではないか。命が惜しかったら、みんな村に帰れ」

惣右衛門は口角泡を飛ばしながら、一心に説得にあたっていた。話を聞いている百姓らには、明らかに動揺の色が窺われた。

「惣右衛門」

半兵衛が声をかけると、惣右衛門がギョッと振り返った。百姓たちも半兵衛に目を向けた。

「ここまできて弱音を吐いてどうする。やってきた足軽どもに痛手を負わせてやったのだ。国も百姓たちを畏怖《いふ》しはじめているはずだ」

「そうかもしれませんが、今度は昨日のようにはいかないはずです」

「どうしてそうだといい切れる。ことはやってみなければわからぬ。百姓の意地を存分にわからせることで、おまえたちのいい分を聞いてもらわなければならぬのだ。それが、将来の村のためではないか」

「そうかもしれませんが、命も大事です。無闇に命を落とす戦いは避けるべきです。わしらは百姓です。米を作り田を耕すのが仕事。戦《いくさ》のできる人間ではないんです」

「戦ってきたではないか。やればできるのだ」

「これからも昨日のようにうまくいくとは思えません」

半兵衛は惣右衛門に詰め寄った。

「よいか、青山家もおまえたち百姓の抵抗ぶりを知って、和解の策に出てくるかもしれぬのだ。なにしろ百姓は領国にとって大事な人間だ。おまえたちがいなければ、国も苦しくなる。国の重臣だってそのことはよくよくわかっている。力でねじ伏せるのはたやすいだろうが、おまえたちを皆殺しにするようなことは避けるはずだ」

「そうなればよいでしょうが、新たな兵が送り込まれてくれば、少なくとも死者は出るはずです。十人、いや三十人四十人と出てしまえば取り返しのつかないことになります」

「……惣右衛門、おぬし寝返ったな」

「そういうことでは……」

惣右衛門の言葉が途切れた。半兵衛の腰から抜かれた刀が一閃《いっせん》して、喉首《のどくび》を斬ったのだ。その一瞬の出来事に、百姓たちは凍りついた。

その場にくずおれた惣右衛門はすでに息をしていなかった。半兵衛はまなじりを吊りあげて、百姓たちを眺めた。

「寝返る者には容赦はせぬ。おまえたちはなにがあろうと初志を貫徹するのだ。そうしなければ、何事も為し遂げることはできぬ。だが、村に帰りたい者は帰るがよい。ただし、ただでは帰さぬ。なぜなら裏切り者だからだ。それがどういうことであるかよく考えるのだ」

百姓たちは声もなく、青ざめた顔で棒立ちになっていた。

河辺村にある神社に入ると、本堂の陰からお藤が姿を現した。

「佐久間さん、心配していたのです」

お藤の背後には、村垣重秀と三九郎の顔もあった。

「どこへ行っていた」

村垣が聞いてきた。

「村の百姓の家です。村役の家でしたが、蜂起の真相がわかりました」

「どういうことだ？」

「百姓らは飛驒から来た野武士にそそのかされているに過ぎません。野武士の一団はみな、金森家の元家臣か、その子のようです。何故、このような騒ぎを起こすのか、その魂胆ははっきりしませんが、百姓を操っているのはたしかなことのようです」

「そやつらの頭は？」

「片重半兵衛という者です。他にも幾人かの名を聞きましたが、片重なる男が、百姓の気持ちをあおり立てているのです。しかし、いま百姓たちの心は揺れています」

「なぜ？」

「賢くも片重らの言葉に乗せられているのだと気づいた村役がいます。その村役たちが蜂起中止を呼びかけ、村に帰るように百姓らに呼びかけているからです。蜂起に参加した者がみな、帰村するとは思えませんが、半数は減るはずです」

「その数は？」

「昨日は百五十人ほどいたようですが、昨日の戦いで怪我をしたり死んだ者が、二、三十人います。それに、戦いを恐れて逃げた者もいるようですから、多くても百人程度でしょう」

「すると、いま蜂起に加わっているのは五十人ほどというわけか……」

「士気のある者はその程度と考えていいでしょう」

「なるほど、そういうことになっていたか……。蜂起の百姓たちを率いているのが地侍だというのは、おれも耳にしていたが……」

村垣はふむふむとうなずいて、一、二間の距離を往ったり来たりした。今日の村垣は、野袴《のばかま》をつけた、普通の武士の恰好だった。しばらくして、ふと立ち止まり、

「おれたちの調べは終わった」

と告げて、つづけた。

「青山家に対する家斉公の疑いは晴れた。国家老も国許の重臣らも、大膳亮《だいぜんのすけ》さまに

忠実である。公儀に対する謀反《むほん》の意図もない」

「それはなによりでした」

「一揆騒ぎは城下でも噂になっているが、国家老たちは鎮定に乗りだしている。間もなく足軽二百が城を出て、騒乱を鎮めるはずだ。ただ、この一揆騒ぎは笠松代官所に知らせなければならぬ。おれはこれよりこのことを伝えに、笠松に向かう」

　音次郎は片眉を動かした。

「騒ぎを放っておくのですか？」

「青山家の問題だ。おれたちがへたに首を突っ込むことはない。笠松の陣屋で話をすれば、隣国からの助勢もあるだろう」

「待ってください。それでは遅すぎます。まずは城中の出兵を見合わせなければなりません。蜂起する百姓らは少なくなっていたとしても、兵とぶつかれば、無事にはすみません。双方に怪我人や死者も出ます」

「佐久間、それはおれたちの役目ではない。この国のことはこの国にまかせておけばよいのだ」

「村垣さんは昨日の戦いを見ておられないから、そういうことをおっしゃるのです。わたしはこの目で見て、この無謀な戦いをやめさせなければならないと思いました」

「思うのは勝手だ。だが、それは己の役目以外のこと。おれたちの出る幕ではない。それに片重半兵衛という男のことは、青山家もつかんでいて目を光らせている。江戸にて御側用人や留守居役、はては大膳亮さま暗殺を企てた首謀者だ。江戸で刺客を放ち、この国に入ったのも、藩目付の調べでわかっている。いずれ捕縛される」

「たとえそうだとしても、百姓らの暴挙を止めなければなりません」

「くどい！　青山家にまかせておけばよいッ」

村垣は肩を怒らせて、顔を真っ赤にした。だが、音次郎は引き下がるわけにはいかなかった。

「放っておけば、百姓を見殺しにすることになります」

「村垣さん、わたしも放ってはおけません。百姓同士で殺し合いもしているのです。なにかが狂っています」

お藤が音次郎を庇《かば》うように、村垣の前に立った。

「お藤、おまえまでも……」

村垣は深いため息をついて、首を振った。

「だが、どうやって百姓を止める。なにかいい知恵でもあるのか？」

これには音次郎が答えた。

「百姓たちをあおり立てているのは、片重半兵衛とその仲間です。数は十二人。この者たちを捕縛するか制圧すれば、百姓たちはどうすればよいかわからなくなるでしょうし、賢い村役たちの説得が功を奏すはずです」

「それにしても相手は十二人。百姓たちも仲間についているのではないか」

「おれたちも百姓に化けりゃいいんです。やつらは刀も鉄砲も持っているんですから、おれたちが刀を持っていてもあやしまれやしないでしょう」

あっさりいうのは三九郎だった。

村垣はもうあきれ返った顔で、「おまえまでも、そんなことを」と、太い息を吐いた。

三

河辺村の組頭・吉兵衛は、惣右衛門が半兵衛に斬り殺されたと知って衝撃を受けた。

「ほ、ほんとか……」

「片重さんは、逃げる百姓が出たら斬って捨てると脅しています」

報告するのは留助という同じ村の百姓だった。

「そんな……。だが、どうすりゃいいんだ」

「おとっつぁん、ここはおとなしくしているしかないよ。へたなことを口走ったら、ほんとに殺されるかもしれない」

精蔵はすっかり怯え顔であった。

吉兵衛は頭を悩ませた。こんなことになるとは思いもしなかったが、いまになって片重半兵衛らの呼びかけに乗ったのが、大きな過《あやま》ちだったことに気づいた。しかし、もうあとの祭りである。

「青山兵が来たら逃げりゃいいんだ。そうするしかないよ」

「精蔵、そのこと滅多に口にするんじゃねえぞ。百姓のなかには、片重さんらに告げ口するやつがいるからな」

留助が精蔵を諌《いさ》めた。

吉兵衛は四郎左衛門を中心に、大野口橋のそばに群がっている百姓たちを眺めた。竹槍や鎌を持っている者もいるが、足軽から奪い取った刀や槍、鉄砲を持っている者が目立つ。

「留助、精蔵。信用できると思う者にだけ、青山兵が来たら逃げるようにそっと耳打ちするんだ。信用のおけないやつには、決して口を滑らしちゃならねえ。わかったな」

留助と精蔵は、顔をこわばらせたままうなずいた。

半兵衛は城下への夜襲も考えたが、番所だけでなく街道の入口にも兵が配置され、厳戒態勢が敷かれていると聞き、夜襲を断念した。

しかし、まだ兵が城を出たという報告はない。出兵の動きがあれば、城下にひそませた百姓がただちに駆けつけてくることになっている。

「百姓たちを先に進めるか」

つぶやいた半兵衛は、四郎左衛門以下の仲間の侍を見た。

「どこまで進めます？」

「進められるところまでだ。敵がやってくる前に、前進するのだ。斥候《せっこう》の百姓が戻ってきたところで、前進をやめて迎え撃つ」

作戦を決めた半兵衛はただちに、百姓を集め、越前街道を下るように指図した。

四郎左衛門らはすぐに大野口橋に行き、百姓らを集合させた。

「これより城下へ向かって進む。みんな気を引き締めて立ち向かうのだ！」

おー、という声が高らかにあがったが、それは昨日に比べて少なかった。しかし、気にしている場合ではない。半兵衛は表情をゆるめることなく、百姓たちの後方についた。しんがりには、岸原九郎助以下三人の侍がついている。

先頭をゆくのは四郎左衛門であるが、馬には乗っていなかった。じつは昨日の戦いで、愛馬が槍に刺されて使い物にならなくなったのだ。

殺すには忍びなかったが、生かしておいても助かる見込みはなかった。四郎左衛門は愛馬の急所に、斧を振るって眠らせたのだった。

百姓の一団のなかほどには、高田茂十郎とその手下の侍四人がついていた。先頭の四郎左衛門のそばには、まだ若い菊原幸之助《きくはらこうのすけ》という侍がついている。

崖下の切り通しの先で待っていた百姓たちが、行列に加わり、さらに栗巣川に仮橋を掛けたところでも、百姓たちが加わった。

後方でその様子を見ていた半兵衛は、行列に参加している百姓が百人を上回っていることにわずかながら安堵《あんど》した。もっと多ければよいのだが、もうそれを望むことはあきらめていた。

真っ青に晴れ渡った空には、一片の雲も見られなかった。街道脇を流れる上保川には、昨日の雨で濁りがあるが、それもいずれいつもの清らかな流れに変わるはずだ。

河辺村に入った行列は、そのまま順調に南下をつづけた。

音次郎たちがその行列に加わったのは、栗巣川のすぐ先だった。吉兵衛の家に行き、為吉の協力を得てすっかり百姓に化けていた。

お藤も汚い股引に着物を端折《はしょ》っていた。髪は頰被りをしているので、すぐに女だと知れることはない。それに目深に菅笠も被っていた。

「吉兵衛」

音次郎は行列のなかに吉兵衛を見つけて声をかけた。

「……あ」

吉兵衛はしばらく自分の目を疑うように、口を開けて驚いた。

「黙って歩くんだ」

「いったいどうしたんです」

そばにいた精蔵も音次郎に気づいた。

「黙っているわけにはいかなくなった。おまえたちの助《すけ》をする」

「しかし、どうやって」

吉兵衛は声を極力抑えていた。

「片重半兵衛たちを押さえるのだ」

「そんなことが……」

「考えがある。それより百姓たちの数が減っていないではないか。説得はどうしたのだ？」

音次郎も周囲の百姓たちに聞かれないように声をひそめていた。

「片重さんに惣右衛門さんが斬られたのです。それに寝返る裏切り者は、ただではおかないと脅しを受けています。殺されるのがいやで、行列に加わっているだけの者も少なくありません」

「説得はできなかったというわけか」

「いえ、足軽兵がやってきたらそのとき逃げるように、信用のおける者たちだけにそう伝えてあります」

「……なるほど。吉兵衛、そのときが来たら、おまえは百姓たちに呼びかけるんだ。逃げるようにと」

「そのつもりでいます」

「おまえの身は守る」

音次郎はそういって、お藤を見た。

「吉兵衛を守るために、そばから離れないでくれ」

お藤は心得たと、うなずいた。

行列は順調に進んでいたが、口神路村《くちかんじ》に入って間もなく、その足が止まった。街道から走ってくるひとりの百姓がいたからだ。

その百姓は先頭の四郎左衛門のそばに行くと、短く言葉を交わした。その内容は前方の列から口づてで後方の者たちに伝えられてきた。四郎左衛門がしんがりについている半兵衛のもとに走った。

青山家の足軽兵二百がついに動きだしたのだ。すでに城下を発って、瀬取村に差しかかっているということだった。

「神路川まで進め！」

四郎左衛門が駆け戻りながら百姓たちに告げた。

「橋の手前で、敵の兵を待ち受けるのだ！　怯《ひる》むことなく進めッ！」

百姓たちにざわめきが起きた。

「昨日より兵の数は多いだろうな」

「鉄砲隊がいるかもしれない」

「弓隊もいるとしたら、勝ち目はないぞ」

弱気なことをいう百姓もいれば、

「孫たちのためにも命を張るんだ」

「おれたち百姓の意地を見せつけてやろうじゃねえか」

などと、強気なことをいう百姓もいた。

やがて神路川に架かる橋の手前に到着した。しんがりにいた半兵衛らが、前線に出て四郎左衛門らとなにかを話しはじめた。

音次郎たちはその様子をじっと見ていた。このとき、誰が半兵衛で誰が四郎左衛門であるか初めてわかった。

それから小半刻《こはんとき》もたっただろうか、先の道に駆けていった百姓が大慌てで戻ってきた。

「来た！　来ました！　二百人はいます。それより多いかもしれません！」

駆け戻ってくる百姓は大声でそんなことを告げた。

誰もが緊張の面持ちだった。

音次郎は村垣と目を合わせて、力強くうなずいた。しばらくして、蛇行する川に沿う街道の先に、足軽兵の姿が見えてきた。槍隊、鉄砲隊、弓隊と、その隊列は見るからに物々しかった。大人数である。二百ではきかない。おそらく三百の兵がいると思われた。

さっきまで強気なことをいっていた百姓が、

「こりゃとんでもないことになっちまったぞ」

と、声を漏らした。

戦闘集団でない百姓たちは、早くも戦意を失いかけていた。顔を青ざめさせている者さえいた。

兵の先頭には三騎の馬にまたがった鎧武者《よろいむしゃ》があった。背中に青山家の家紋を染め抜いた旗指物《はたさしもの》を掲げている。兵は昨日の足軽の軽装と違い、みんな鎧で身を固めていた。その黒い集団が、徐々に大きくなってきた。

「無理だ！　あんな大軍にかなうはずがない！　みんな、村に帰るんだ！　命がなければ村も守れないのだ！　ここにいるのは大事な一家の長たちである！　みんな、争いはこれまでだ！」

吉兵衛が大声を張りながら、後方に駆けていった。目の色を変えて、それを追ったのは四郎左衛門についていた菊原幸之助という若い侍だった。

「このままではみんな死んでしまう！　逃げよう、逃げよう！」

吉兵衛と意を同じくしていた河辺村の名主・次郎作だった。

百姓たちがバラバラになって動きだした。

「逃げるな！　逃げるんじゃない！」

半兵衛が鬼の形相になって喚《わめ》いたが、もう引き止めることはできなかった。

四

「この蜂起は間違っている！　ただ、犬死にするだけだ！　死んでは将来もなにもあったものじゃない！」

逃げながら河辺村の次郎作が叫んだ。

「そうだ！　みんな生きるんだ！　生きてなきゃ、談判などできないのだ！」

吉兵衛に呼応している口神路村の百姓代・誠之助だった。

半兵衛らに恭順の意をしめしていた強気な百姓たちも、彼らの呼びかけに反対しようとはしなかった。その場に武器を捨てて、逃げはじめる者さえ現れた。

橋の手前一町ほどで立ち止まった青山兵にも動きがあった。鉄砲隊が前に進み出て、一斉に構えたのだ。百姓らはこれを見て、ますます恐怖した。

半兵衛以下の野武士たちは、乱れはじめた百姓を引き止めようとしたが、もう誰も彼らの指図にしたがう者はいなかった。

「退《ひ》くな！　退くんじゃない！」

半兵衛は喚きまくっていたが、百姓たちは背中を見せて逃げるだけである。

仲間の百姓を退かせるために一心に声をかけていた吉兵衛のもとへ、刀を引き抜いた菊原幸之助が迫っていた。吉兵衛は危機が迫っていることに気づいていなかった。そして、ついに菊原幸之助の凶刃が日の光をはじいて一閃した。

きーん！

甲高い金属音がひびいた。吉兵衛の護衛をするように音次郎にいわれていたお藤の刀が、幸之助の太刀をはじいたのだった。

「吉兵衛さん、逃げるんです！」

お藤は幸之助に対峙《たいじ》しながら、吉兵衛に声をかけた。

「さあ、早く行くのです」

吉兵衛は自分を助けたのが、女だと知って驚いていたが、一間二間と離れると、仲間の百姓を追って駆け去った。

「おまえ、女か」

幸之助が脇構えになって問うた。お藤は無言のまま、隙を窺う。

「女だてらにおれに刃向かうとは……」

幸之助はそういうなり、お藤の肩から胸にかけて、刀を袈裟懸《けさが》けに振ってきた。

転瞬、お藤の体が宙に舞った。その体は回転しながら幸之助の頭上を飛び越えていた。お藤は着地するなり、迅速の剣を振り抜いた。一瞬にして背後にまわられた幸之助は、慌てて振り返ったが、もうそのときは遅かった。

お藤の刀は幸之助の肩口をざっくりと斬っていた。幸之助がたまらず片膝をつくと、お藤は躊躇《ためら》いもなく、その胸に刀の切っ先を突き入れた。

「ぐっ……」

菊原幸之助を倒したお藤は、すぐさまつぎの相手を捜すためにまわりに視線をめぐらした。

音次郎は口神路村の百姓代・誠之助に襲いかかろうしていた野武士のひとりを、一太刀で倒して、半兵衛を捜した。

その半兵衛は逃げる百姓を斬って、街道脇の坂を上っているところだった。その先には石垣で出来た段丘状の畑や田があった。

音次郎は半兵衛を追いながら、三九郎の立ち回りを日の端で見た。撃ちかかってきた男の懐に飛び込んで、腹をえぐったところだった。

「村垣さん、杉本四郎左衛門をお願いします。わたしは片重半兵衛を押さえます」

「おう、わかっている」

「斬ってはなりませんぞ」

「おまえに指図されずともわかっておる。生意気をいうでない！」

村垣は不快な顔をしたが、横合いから斬りかかってきた野武士の刀を受けて、鍔競《つばぜ》り合いになった。その野武士の背に、三九郎が刀を浴びせた。

「うわッ」

野武士は体をのけぞらせて、ぬかるんだ道に倒れた。

村垣と三九郎はすぐさま、逃げる百姓たちに斬りかかっている野武士たちの成敗にかかった。そのなかに四郎左衛門の姿があった。

四郎左衛門たちは逃げ遅れた百姓たちを追い回していた。その百姓たちは街道からそれた畦道《あぜみち》に逃げたり、街道脇の木立のなかに紛れ込んでいた。

坂道を駆け上って半兵衛を追う音次郎の前に、石垣の上から飛び降りて邪魔をする男がいた。

「てめえ……」

目の前に現れた野武士は、音次郎を見くびっていた。ただの百姓だと思い込んでいるのだ。右手で持った刀を、だらりと下げて、間合いを詰めてくると、足許からすくいあげるようにして斬りかかってきた。

音次郎の目にはその動きが、まるで優雅な踊りのようにしか見えなかった。それに隙だらけだった。すくいあげられた刀を横に払うと、右足を踏み込んで水平に刀を振り抜いた。

相手の胸から血飛沫《ちしぶき》が迸《ほとばし》って、日の光を照り返した。

「な、な……そ、そんな……」

野武士は斬られたのが信じられなかったのか、目を丸くして音次郎を見たが、それはほんのわずかのことで、道の脇を流れる水路に倒れた。

半兵衛はすぐ先の道で、ひとりの百姓を斬り殺して引き返してくるところだった。

音次郎に気づくと、夜叉《やしゃ》のような形相になり、こめかみに青筋を立てた。

「おのれ、よくもわしらを裏切りおって。所詮《しょせん》、百姓は百姓でしかないというのがよくわかったわい」

「その百姓も容易には欺かれないということだ」

音次郎は悠然と歩を進めて、言葉を返した。

「片重半兵衛、どのような魂胆があって百姓たちをそそのかしたのか知らぬが、これまでだ。観念するがよい」

音次郎の言葉に、半兵衛の老顔に驚きが走った。

「おぬし、百姓ではないのか……」

「誰であろうと、貴様に教えるほどの者ではない」

「うぬ……」

半兵衛は青眼に構えた。なかなかの構えである。だが、音次郎には通じなかった。

「邪魔者は死ねッ！」

半兵衛はいうなり、大上段に刀を振りあげて撃ち下ろしてきた。だが、それまでのことであった。

音次郎は手首を器用に返すなり、素早く刀の柄頭《つかがしら》を半兵衛の鳩尾《みぞおち》にたたき込んだ。

「ぐふぁ……」

半兵衛の手から刀がこぼれ、片膝をついてうずくまった。

「き、貴様、いったい何者……」

息苦しそうにうめきながら、半兵衛が見あげてきた。音次郎は冷めた目で、半兵衛を見下ろした。

「……何者だ……」

「……冥府《めいふ》より遣《つか》わされし者。そう名乗っておこう」

それだけをいった音次郎は、半兵衛の後ろ首に手刀を打ち込んだ。

「しばらく眠っておけ」

半兵衛を気絶させた音次郎は、坂下に駆けた。と、横合いから撃ちかかってくる、むささびのような影があった。まさに不意をつかれた恰好だったが、気をゆるめていなかった音次郎はとっさに、白刃を閃《ひらめ》かせて男の片腕を斬り飛ばすと、返す刀で横腹をたたき斬った。

「ぐっ……ぐっ……」

男はたたらを踏んでそのまま大地に倒れた。

「佐久間さん」

お藤が坂下に現れた。

「無事だったか」

「はい。それより、杉本四郎左衛門を取り押さえました」

「でかした。他の野武士は？」

「村垣さんと三九郎さんが倒しました。もう野武士の生き残りはいません」

「よくやった。片重半兵衛も押さえた」

そこへ村垣が姿を見せた。

「こっちの仕事は終わった。おまえのほうはどうだ？」

「片重はそこで眠っております」

「よくやった。それにしてもおかしなことがある。あれを見てみろ」

音次郎は坂下に行って、橋の向こうを見た。

青山家の兵は動いていなかった。鉄砲隊も後ろに控えている。三頭の騎馬に乗った鎧武者も、じっとこっちの様子を眺めているだけだった。

「なぜ、百姓たちを追わないのでしょう？」

お藤が疑問を口にしたとき、三九郎が吉兵衛と次郎作を連れて戻ってきた。あとにも数人の百姓たちがいた。

「青山兵はなぜかわからぬが、百姓蜂起の制圧を見送っているようだ。吉兵衛、次郎作。おぬしらは、片重半兵衛と杉本四郎左衛門を藩に突きだして、此度《こたび》の経緯をこまかく告げ知らせるのだ」

村垣が吉兵衛たちを見ていった。

「そのつもりでございます。しかし、あなたたちはいったい……」

「そのことは聞かないほうがよい。とにかく、あとのことはまかせた」

「どこへ行かれるのです？」

「この国を去るだけだ」

村垣はそれだけをいうと、村の奥に向かって歩きはじめた。

「おい、なにをしている。早くしろ」

先に歩きだした村垣が振り返って、音次郎たちを急かした。

四人はそのまま街道を北に向かっていった。間違っても青山兵に捕まってはならない。いったん、吉兵衛の家に戻り、それから迂回路《うかいろ》を使って郡上を出ることにしていた。

五

「いやあ、なれ鮨《ずし》もなかなかいけるじゃありませんか。江戸前もうまいけど、長良川のなれ鮨もこれまたどうして捨てたもんじゃねえや」

加納《かのう》宿にある旅籠《はたご》を出るなり、三九郎が大きな伸びをしてそんなことをいった。

郡上から加納宿に辿りついたのは、百姓たちに助をしてから三日目のことだった。

昨夜は宿場の旅籠に泊まり、旅の疲れを癒し、久しぶりに酒を飲んだのだった。

鮎の時期には少し早いということだったが、宿の亭主が気を利かして鮎料理をもてなしてくれた。酒の肴《さかな》にあう塩焼きもよかったが、将軍に献上するなれ鮨となんら変わることがないという鮨も格別で、音次郎たちは舌鼓を打ったのである。

加納宿は美濃十六宿のなかでももっとも大きな宿場だった。町屋の長さは半里もある。すでに日は高く昇っており、各旅籠からは旅の者たちが吐きだされるように、つぎつぎと往還に現れていた。

巡礼の親子がいれば、首に餉箱《けばこ》を下げた旅の行脚僧《あんぎゃそう》、遊山《ゆさん》旅の男、暇を持てあましている駕籠《かご》人足もいれば、人込みを縫うように駆けていく飛脚の姿もあった。

「おれとお藤は笠松陣屋に寄ってから江戸に戻るが、佐久間と三九郎はいかがする？」

笠松宿に向かいながら村垣が口を開いた。

「あれ、なんで……村垣の旦那《だんな》、お藤といっしょに？」

三九郎が剽軽《ひょうきん》に目を丸くする。

「お藤とて女だ。ひとり旅をさせるわけにはまいらぬだろう。それに笠松陣屋での役目は一日では終わらぬ」

その役目とは、郡上藩で調べた口上書の作成であった。

「そういうことですか。それじゃあっしらは……」

「三九郎、おれは先を急ぎたい。おまえは好きにすればよい」

音次郎がそういうと、三九郎は拗《す》ねたように口をとがらせた。

「なんですか、旦那まで。おれだって早く江戸に帰りたいんですよ」

「だったら途中までいっしょするか」

「……しゃあないな。こうなったら、男同士の旅といきますか。村垣の旦那に付きあってもいいけど、陣屋は肩が凝りそうですからね」

「ならば笠松についたら、そのまま佐久間と江戸に下ることだ」

村垣がくわえていた爪楊枝《つまようじ》を吐きだしていった。

「へえ、そうすることにいたしやしょう」

郡上街道は険路や悪路もあったが、根っから明るい三九郎がいたお陰で、音次郎たちは疲れをまぎらわすことができた。それにしても楽しい男である。酒が入れば勝手に歌いだし、調子に乗って踊りも披露する。宿の仲居を冷やかしては大声をあげて笑ったりと退屈しない男だ。

「佐久間さんは、まっすぐ白須賀に戻られるのですね」

お藤が横に並んでいった。

「うむ。もっとも途中の宿場に泊まることにはなるが……」

「戻られたら、おきぬさんによろしくお伝えください」

「よく伝えておく。それにしても、お藤がこのような役目にあったとは……」

「嘘をいっていたことは謝ります」

お藤は歩きながらうつむいた。

「気にすることはない。なにがあっても多少のことでは、驚かぬようになっている」

音次郎はにっこり微笑んでやった。

昼前に笠松の代官陣屋についた。

立ち止まった村垣は音次郎に向かって、

「佐久間、じつはおぬしには感心したのだ。あのようなことをやるとは思いもしなかった。役目以外のことではあったが、よくよく考えれば、おぬしの判断は間違っていなかった」

と、いって白い歯を見せた。

「勝手な振る舞い、ご容赦ください」

「いや、気にするな。また追って沙汰《さた》が出るであろうが、そのときにはまたよしなに加勢を頼む。では達者でな。お藤、湊《みなと》まで送ってゆくがよい」

いわれたお藤は嬉《うれ》しそうにうなずいた。

笠松湊は、木曾《きそ》川沿岸の最大の川湊だった。大小の川舟は三十艘《そう》を超え、渡船が豊満な水を湛《たた》える木曾川を往き来していた。

「佐久間さん、三九郎さん、どうかお達者で」

早速舟に乗り込んだ音次郎と三九郎にお藤が声をかけてきた。

「ああ、そなたも達者でな」

「お藤ちゃん、村垣の旦那はあれでも男だ。ひょっとすると妙な下心があるかもしれねえから、気をつけるんだ」

三九郎がお藤を振り返った。

「下心があるのは三九郎さんじゃないの」

「ありゃりゃあー、こりゃまいったな」

三九郎はぴしゃりと、自分の頭をたたいて笑った。

船頭の声で舟が出された。お藤は雁木《がんぎ》に立って、ずっと手を振っていた。

「旦那、途中の宿場でちょいと遊びませんか」

「なにをして遊ぶ」

「まったく、鈍いねえ、こんなことには。飯盛《めしも》り女に決まってるでしょうが」

「………」

「ねえ、今夜あたりどうです」

音次郎は誘いかける三九郎には応じず、ずっと彼方の空に目を注いでいた。そうやっていると、瞼《まぶた》の裏に心配しているであろうきぬの顔が浮かんできた。

*

郡上八幡で起きた件の百姓騒動を鎮圧に行った青山家の兵が、逃げる百姓を追わなかったのにはわけがあった。

国許を預かる国家老から、百姓たちを殺すには及ばずという命令が下されていたのだ。もっとも激しく抵抗してくればその限りではなかったが、大軍で押しかければ、百姓たちを威圧することで、騒ぎを鎮定できるという計算があったのである。

兵の指揮を取った郡奉行《こおりぶぎょう》も、まずは百姓の集団に自分たちの物々しい武装を見せつけ、さらに鉄砲隊を前に出して構えさせたが、それも威嚇《いかく》に留めていた。

案の定、百姓たちはそのまま四散して、思惑どおりにことは運んだ。

その後、騒動の首謀者二人が、河辺村の名主・次郎作と組頭の吉兵衛らによって、藩に突きだされた。

首謀者の二人は、片重半兵衛と杉本四郎左衛門であるが、二人のことはすでに藩目付の調べによって大方わかっていた。二人は百姓をあおり立てた理由に対する訊問《じんもん》に、頑なに口を閉ざしつづけていたが、半兵衛は拷問に耐えきれなくなって、本心を吐露した。

それは、直截《ちょくせつ》にいえば、青山家に対する恨み以外のなにものでもなかった。

「積年の恨み晴らせず、無念である」

半兵衛は最後に一言いうと、舌を嚙み切って自害した。

四郎左衛門は獄門をいい渡され、刎《は》ねられた首は、半兵衛の首といっしょに吉田川の河原に晒《さら》された。

蜂起に参加した各村の百姓たちにも咎めはあった。しかし、それは藩主・青山大膳亮の恩情が加味され、責任を取らなければならなかった各村の村役は、三十日の押込《おしこめ》にとどまった。

青山大膳亮は、この騒動の原因をよくよく考え、また百姓たちの訴状を吟味した末、年貢を減免し、御用金を免除する決定を下した。

さらに藩政の改革に本格的に取り組み、藩校・潜竜館《せんりゅうかん》を設置するにいたった。一度、病気を理由に若年寄を辞した大膳亮は、将軍の補佐をしながら寛政の改革を推進する、老中首座の松平定信に謀反をおこしているのではないかという疑念が持たれたが、将軍家斉はその疑惑が晴れたところで、大膳亮を寺社奉行に復帰させた。

あとがき

過日、編集諸氏と人形町で食事をしたおり、江戸の地図のことが話の俎上《そじょう》にあがった。

「町屋のことをどこで調べるのですか？　ここに黒板塀があり、小路があってなどと、いつもその細部のことが気になるのです」

という質問を受けた。

「想像ですよ」

と、あっさりわたしは答えた。

もちろん、現代地図のように、詳細な古地図があれば、想像では書かないし、書いてはならないだろう。そして、時代小説を書く多くの作家が使っているのは、嘉永あるいは天保期に制作された地図である。それより古い明和や寛政、あるいは文化期といった時代の古地図もあるが、大同小異であり、とりわけ尾張屋清七が作った嘉永期初版が多用されているはずだ。

しかし、それらの地図には、例えば小網町三丁目の角に空き地があるとか、建設中の長屋あるいは火事や自然災害で倒壊している旗本屋敷があるとは書かれていない。

現代小説なら、その土地に行って取材することで、なるほどここにはこんな街路樹があり、洒落たブティックの入ったビルがあるのかとわかる。

しかし、時代小説の場合は、タイムマシンに乗って取材するわけにもいかないので、通りに植えられている木や、切り通しの途中に泉があるなどといったことは、作家の想像に頼るしかない。無論、古地図と併用して江戸名所図会を参考にしたりするが、それにも限界がある。

また、わたしは、東京を散策するときや、出先の場所を考えるとき、現代の東京地図より江戸の切絵図のほうが先に頭に浮かんでくる。もう何年も毎日のように古地図とにらめっこしているので、いつしかそうなったのである。

ところが、地方のことになると、江戸期の地図が見あたらない。全くないわけではないが、それを調べるのは大変な作業であるし、見つかったとしても、なんだこの程度しか残っていないのかと、落胆することしばしば。

今回、わたしは、主人公の音次郎を郡上八幡《ぐじょうはちまん》に出張(?)させた。当然、郡上八幡へ至る道中のことも書かなければならない。それなのに、当時の地図はない。ないからあとは想像に頼るしかないが、さいわいなことに明治初年の全国中の地図が手許にある。その地図が大活躍をして、ずいぶん助けられた。

本作を読んでいただいた読者は、すでにおわかりだと思いますが、今回から音次郎を地方で活躍させることにしました。もちろん、夫婦同然となっているきぬもいっしょです。

さて、つぎはどこにしようかと、いまから思案中です。旅先でのハプニングや事件はもちろんですが、行く先々での食べ物や名所なども、どんどん取り入れていきたいと考えています。ひょっとすると、いまこのあとがきを読んでくださっているあなたのところへ行くかもしれません。どうぞ、次回作を楽しみにしていてください。また、今後とも「問答無用」シリーズのお引き立てのほどよろしくお願い申しあげます。

二〇〇九年初夏

稲葉　稔

本書は2009年8月徳間文庫として刊行されたものの新装版です。

徳間文庫

問答無用
雨《あめ》あがり
〈新装版〉

2019年10月15日 初刷

著者 稲《いな》葉《ば》稔《みのる》

発行者 平野健一

発行所 株式会社徳間書店
東京都品川区上大崎三-一-一 〒141-8202
目黒セントラルスクエア

電話 編集〇三(五四〇三)四三四九
販売〇四九(二九三)五五二一

振替 〇〇一四〇-〇-四四三九二

印刷 製本 大日本印刷株式会社

ISBN978-4-19-894505-3 (乱丁、落丁本はお取りかえいたします)